EL ALA OSCURA DEL RECUERDO

RELATOS

COLECCIÓN CANIQUÍ

EDICIONES UNIVERSAL, Miami, Florida, 2013

GUILLERMO ARANGO

EL ALA OSCURA DEL RECUERDO

RELATOS

ÍNDICE

No escribo para demostrar nada y por tanto no me puedo proponer escribir libros positivos o negativos. Lo que me interesa fundamentalmente, y creo que es el caso de todos los escritores, es contar historias.

MarioVargas Llosa.

EL FUGAZ PÁJARO DE LA JUVENTUD

Pablo contemplaba la calle a través de la puerta entreabierta: —Señora Manuela, mire cómo llueve.

La viuda levantó la vista de la revista. Fue un momento, un rápido desplume de una nube muerta, y luego, de nuevo la lluvia espaciada y monótona; su frondoso tapiz arrastrándose por la calle con rumor lento, celando la visión. Al rato llegó Rosario, la del taller de costura de enfrente, haciendo aspavientos. Pablo la vio atravesar la calle corriendo y entrar rápidamente.

—¿Has visto, chico? —dijo sacudiéndose la ropa—. Nos van a salir escamas con esta lluvia.

Le caía un mechón de pelo mojado sobre la frente y una gota de agua se balanceaba peligrosamente en la punta de la nariz.

La viuda bostezó, tapándose la boca con la revista.

—Aquí se está bien, no se siente esa frialdad que ha traído la lluvia— dijo la joven y sonrió abiertamente.

Tenía unos dientes pequeños y uniformes y los labios bien marcados. Se levantó la falda un poco más arriba de las rodillas, a mitad del muslo, dejando ver unas piernas perfectamente bronceadas y bien formadas, y trató de sacudir las gotas de agua de su vestido. La viuda observó como Pablo miraba detenidamente la atractiva figura de la joven.

—Bueno, a lo que vine —dijo—, aquí está el dinero del alquiler, señora Manuela—. Y le dio un sobre a la viuda, la que siguió sentada inmóvil. Luego se volvió a Pablo y le dijo:

—Tú tan callejero. Te vi el domingo en el parque con tu novia.

—No es mi novia, tan sólo una amiga.

—Ya, ya veo—, y se rió con malicia.

Y sin despedirse cruzó de nuevo bajo la lluvia, evadiendo el tráfico, entre saltos y gritos cada vez que metía los pies en algún charco de agua.

Pablo se rió con una risa sana y abierta observando las maromas de la joven.

Sonó un trueno lejano y la señora Manuela se persignó. Luego besó la cruz de oro que llevaba al cuello y que se recalentaba en el declive ajado de sus senos pomposos.

—Ven, acércate —le dijo, escudriñando con atención la figura del joven.

Pablo dio unos pasos y se quedó parado cerca de la puerta. Era un muchacho alto, de cuerpo viril y ojos claros y voraces.

—Más cerca, hombre, sin miedo, que nadie te va a comer ... ¿No te mojas ahí en la puerta? ¿No tienes frío?

El joven negó con la cabeza.

—Ven—, y extendió la mano hacia él.

Cuando lo tuvo a su lado le cogió la mano y la estrechó contra su cuello.

—Llevas trabajando en la tienda tan sólo dos meses y ... ¿estás contento aquí conmigo?

—Sí, señora —susurró, inclinando la cabeza.

—Este reuma me está matando, muchacho. Tengo la espalda muy fría y entumida. Frótamela un poco, anda, con cuidado —y ella misma llevó la mano del joven a su costado, a sus hombros.

Pablo hizo como le mandaban.

—Qué rico … Sigue, sigue —repitió ella.

Y después:

—Tú tienes que ser bueno conmigo, Pablito … Si no, los dos juntos, aquí solos, todo el tiempo, lo vamos a pasar muy mal. ¿Por qué te paras? Sigue, sigue, tienes una mano fuerte, divina para los masajes.

Pablo siguió frotándola, esta vez con las dos manos. Ascendía por la nuca de la viuda un olor tenue, dulzón, como a mermelada. Se le veían rojas las orejas. No llevaba pendientes. A ambos lados de la cerviz se le hacían unos redondeles de vello negruzco que resaltaban sobre la piel blanca y transparente.

—¿Cuántos años tienes?

—Diecisiete.

—Estás en una edad muy mala. ¿Comes bien?

—Sí, señora.

Se puso de pie y Pablo quedó con la palma de la mano extendida. Era todavía una mujer bien hecha, de carnes firmes.

—Mira, cuando estés en la tienda, si quieres comer algo no me lo tienes que pedir. O si quieres yo te preparo algo. Hay que alimentarse bien. Es muy mala tu edad, muchacho: se crece muy de prisa, y de eso vienen las enfermedades.

Mientras hablaba se paseaba por el pequeño establecimiento llenas las manos de una rapidez independiente y briosa, señalando los estantes llenos de abarrotes y conservas, y las vidrieras con embutidos y fiambres. Sus ojos entonces se dirigieron a algún lugar del espacio entre los dos.

—Te quiero enseñar una cosa— dijo ella.

Fue en un vuelo al escritorio de la trastienda. Volvió con un retrato en un marco de madera y un álbum de cubiertas rojas. Se sentó de nuevo y acarició por un segundo el álbum antes de abrirlo. Había allí toda una vida plasmada en instantáneas. El papel se ondulaba y crujía con el peso de las fotos, y ella pasaba las páginas con gran solemnidad, como si se tratara de un libro sagrado.

—Mira, ¿tú crees que se parece a ti?— dijo, con un aire de complicidad heroica, mostrándole la foto del marco.

Pablo negó con la cabeza.

—Se parece a mí, ¿no crees? No tiene ninguna pinta de su padre. Ese lo único que hizo fue envejecer, ensuciarme la juventud y hacerme la vida imposible. Aunque no debo quejarme, me dejó bien hincada con esta bodeguita y varias propiedades. Pero puedo decirte que no lo lloré ni tampoco le guardé luto; el luto envejece, sabes.

Levantó la vista. Su mirada penetrante y húmeda se cruzó con la del joven.

—Cierra la puerta completamente, ¿quieres? Con esta lluvia no va a venir ningún marchante. Esa loca de Rosario la ha dejado abierta y está entrando agua —dijo, irguiendo la frente desatada de líneas, tersa y orgullosa.

Un hilo de aire desflecaba las hojas de un calendario que exhibía una imagen religiosa. Pablo cerró. La viuda lo hizo sentarse a su lado. Tenía la foto en sus manos.

—Yo tenía casi treinta y cinco años cuando salió de mi vientre y si viviera, acabaría de cumplir los veintiuno— dijo, y le mostró el retrato.

Pablo lo miró callado.

—Este fue el día de su primera comunión. Y aquí —añadió, mostrándole el álbum abierto—, la última fotografía que tengo suya. Todavía iba al colegio. Después no pudo estudiar más y hubo que sacarlo. A los tres meses murió de una hiperemia. Tocaba la guitarra y cantaba. Era muy bueno y listo. A éste sí que lo lloré y lo sigo llorando. Mi único hijo. Lo extraño mucho y pienso en él todos los días.

Mantenía fija sus grandes pupilas incoloras en una fotografía donde el joven aparecía sobre un escenario con una guitarra en las manos. Pablo notó como pasaba los dedos por las fotos como si las estuviera acariciando. Pensó que había algo mudo, secreto, en la convivencia de la señora Manuela y el hijo, como si una fiebre extraña le nublara los ojos cuando hablaba de él.

—Tengo frío ... —musitó—. ¿Has cerrado bien la puerta?

Pablo afirmó con la cabeza. Notó entonces la presión de los dedos de ella que se habían posado sobre su nuca, acariciándole el pelo.

—¿Tú has ido al colegio? —le preguntó.

—Fui a la escuela hasta los diez años. Siempre estaba atrasado en los estudios y tuve que dejarlos para ayudar en casa porque salió un trabajo, pero al poco tiempo me pusieron en la calle, y entonces empecé a buscármela por ahí, en donde encontrara. Lavando ropa ajena no da para mucho y mi madre lo que necesita es que trabaje y traiga a casa lo suficiente para comer. Es lo que siempre he tratado de conseguir. Ahora ella dice que ya soy mayor y que necesito un trabajo estable.

—Tiene razón. Pero tú estás conmigo a gusto, ¿verdad? No tienes necesidad de irte de mi lado. Yo estoy sola y tú te quedarás conmigo siempre, siempre ... ¿verdad que sí, Pablito?

Le acariciaba el pelo y la frente. Pablo enrojeció.

—Tú y yo vamos a ser buenos amigos —siguió ella con cierta excitación en una voz jugosa—. Tú no eres un trilero, eres un muchacho serio y formal, como a mí me gusta. Llevas conmigo unos meses y me parece que te he tenido a mi lado toda la vida, y si te fueras iba a notar la tienda muy rara y muy vacía. Me he acostumbrado a ti, chico, ¿es que tú no te acostumbras a mí?

Una llamarada se encendió en sus ojos más voluble que nunca, asomándose atrevida en el iris de sus pupilas, y dibujando en los labios una recordadora sonrisa de secretos. En el mundo privado de su fantasía se podía escuchar el balbuceo de lo indecible.

El rostro de Pablo se había teñido de un color rojo cada vez más vivo, y una momentánea mirada de confusión atravesó su semblante. Ella lo agarraba ahora por los brazos. Lo tenía preso, enfrente, y tomándole la cabeza se la acercó a su seno mientras repetía:

—Mi niño, mi niño, mi Pablito. Todos necesitamos un poco de ternura, el consuelo de sentirse acompañado.

Pablo volvió a sentir aquel olor dulzón y penetrante de antes. La viuda respiraba con inquietud y el joven sintió el palpitar de su pecho, de sus senos vibrantes, vulnerables. Ella lo abrazaba y lo estrechaba, y la cruz que llevaba en el cuello le estaba arañando la cara. La señora Manuela se había transformado en una criatura turgente, opulenta, cuyos brazos eran fuertes tentáculos que envolvían al joven y lo atraían hacia ella. Luego lo empezó a besar con besos fríos y duros.

De repente él se apartó con cierta brusquedad y se levantó, observándola fugazmente. La viuda respiraba con agitación y le puso encima una mirada turbia.

—No pensarás dejarme, ¿verdad? —dijo, después de una pausa.

—Señora Manuela, yo no puedo estarme quieto —dijo él con voz temblorosa—. Estoy acostumbrado a la calle y no paro en ningún sitio.

El muchacho, tenso como un cable de acero, notó como la mujer se estremecía. Un sofoco ardiente se había apoderado de ella; las venas minúsculas de las sienes resaltaban y latían sobre el blanco azulado de su piel. Al soltarle, los brazos se habían quedado enlazados, como si hubiera un cuerpo invisible entre ellos. Se compuso ajustándose la blusa y la falda a las caderas que habían cedido unos centímetros. Después cerró de un golpe el álbum y colocó encima el retrato boca abajo.

—Toma, lleva esto ahí adentro —le espetó bruscamente, con voz ronca—. Lo dejas encima del escritorio. Sin tocar nada. No me gusta que revuelvan en mis cosas.

Pablo hizo lo que le mandaban y a la vuelta ella seguía la lectura de la revista y no le habló, ni levantó la cabeza, ni lo miró siquiera. Su rostro era un espejo sin fondo.

Mientras, la tarde se hundía desolada y cruel, llorando una persistente lluvia fría.

PARÁBOLA

I

Le agobiaban los hijos; era duro de corazón y una indiferencia ciega se apoderó del alma de aquel hombre. Apenas la juventud dejó de abandonarle un poco, de cautivarle con la fresca suavidad de los años, fue echando la progenie hogar afuera, para que «todos aprendieran a ganarse la vida», decía, tal y como a él mismo lo habían lanzado al mundo de su propia casa. Dos de los hermanos desaparecieron para siempre sumidos en el abismo del desamparo, mientras el tercero, después de esfuerzos y sacrificios personales, fluctuaba en el oleaje cruel de la miseria.

Pasado algunos años, en un vaivén de tan curiosa marejada, volvió a su casa el pobre muchacho y se asomó a la puerta, entre apocado y risueño, comido, quien sabe, de qué ansias de amparo y calor humano.

Había muerto la madre de temor y disgusto, y el padre, envejecido y opaco, vivía la soledad retraída del avaro, llena de desconfianzas y temores.

Al ver al joven le brilló en los ojos el delirio de un anhelo insensato: pero a un solo vistazo de tan siniestro destello, vio que el desdichado volvía pobre y enfermo, sucio y astroso, tan olvidado de sí mismo que era como un fantasma. Pero su dura entraña no supo compadecerse ni abrirle los brazos con efusión, cuando el hijo pródigo tendía los suyos, inflamado de esperanza. Tan sólo lo saludó como a un extraño, y con visible desgano y apatía en el rictus de sus labios, le dijo:

—Pasa; esta noche te puedes quedar aquí.

Ardiendo en fiebre, rendido de pena, cayó el muchacho en el rincón que su padre le ofrecía por albergue, y desvariando, salió al amanecer del ingrato hogar, sin volver los ojos, alejándose para siempre de aquel lugar para el cual no le quedaban afectos ni lágrimas.

Algunos vecinos que le vieron dando tumbos, camino adelante, le ofrecieron limosna; él iba tan menesteroso de auxilio y de consuelo, que con una ansiedad todavía infantil alargaba su mano abierta. Las gentes, condolidas de aquel aspecto aplastado y miserable, suspiraban:

—¡Está enfermo, el pobre!

Y lo miraban huir, alarmadas y compasivas.

II

Muchos años después, aquel muchacho empujado a la aventura, ahora hombre ya maduro y rico, volvió a su tierra, incitado por otro fuerte empujón de la mudable fortuna, y en la ciudad vecina al pueblo de su origen se estableció en una bella casa, con fausto y elegancia. La vida, finalmente, le había sonreído.

Apenas se supo en la comarca el rumor de este afincamiento, y llevado por las sutiles alas de la curiosidad, un anciano de aspecto doliente llegó a la espléndida mansión preguntando por su hijo. Se había convertido en uno de esos despojos humanos que, cubierto de harapos, sólo piensa en lograr la pitanza del día y el sueño de la noche.

Salió el dueño a recibirle y el viejo con ojos llenos de gozosa inquietud, le dijo:

—¿No me conoces? ... Soy tu padre.

El hombre lo miró con una insistencia fría y acerada, haciéndole balbucear al intruso:

—He trabajado toda la vida y ahora, en la última vejez, soy un pobre menesteroso, un viejo achacoso, que tengo que vivir de la caridad pública para sustentarme. ¡No tengo nada!

Y el hijo, sin emoción, como quien pronuncia una letanía que cientos de veces se ha repetido, murmuró:

—Pasa; esta noche te puedes quedar aquí.

Una pausa grave y profunda se meció entre los dos.

—¿Nada más que esta noche? —Insistió el viejo arrastrado aún por la esperanza.

Pero el hijo le volvió la espalda. Era uno de aquellos que llevan cicatrices en el alma y recobran todo su rencor cuando topan con los que les recuerdan el amargo momento de las heridas.

Y el padre, consumido de fatiga, desorientado y sin recursos, salió a la calle a pedir la caridad pública.

—¡Ave María Purísima! Hermanos: una limosna, por el amor de Dios, a este pobre vergonzante.

Los que le conocían y le vieron abandonar la casa de su hijo de aquella manera, como una sombra decrépita, tendiendo al prójimo la mano senil en busca de limosna, clamaban asombrados:

—¡En el mundo ya no hay misericordia!

Pero la conciencia del viejo, latiendo en su más profunda intimidad, respondía con triste vehemencia:

—¡Sí, pero hay justicia!

LAS GITANAS

Las gitanas llegaron al pueblo un domingo por la tarde y estuvieron siete días. Pilar, la madre de Benjamín decía que era extraño verlas en Asturias, tan al norte del país, ya que por lo general frecuentaban la costa mediterránea de levante y la del sur, Andalucía, sitios visitados por los turistas.

Venían solas, sin hombres, unas a pie y otras trepadas en un carro de madera que arrastraba una mula carcamal. Vasijas y cobres, telas floreadas, espejos y lámparas raras colgaban del carro que avanzaba lentamente por aquellos caminos de herradura.

Vamos a ver a las gitanas, le había dicho ese domingo Manuel, el primo de su madre, y Benjamín muy entusiasmado porque nunca había visto un gitano. Pilar les dijo, como si fuera una orden, que no fueran a verlas porque eran unas estafadoras que los iban a embaucar. Nena, la hermana de Benjamín, que siempre se las daba de entendida —pero que las más de las veces estaba despistada—, aclaró que embaucar quería decir «embarcar», que las gitanas se roban a los niños y se los llevan muy lejos en una embarcación para convertirlos en limosneros.

Si fueran malas, dijo el primo Manuel — que en realidad era un bonachón de hombre—, cuando iban ya camino a verlas, ni el alcalde ni la Guardia Civil las hubieran dejado que pusieran sus tenderetes en el parquecito adyacente a la plazuela del pueblo. Y ahí las encontraron, junto a un quiosco, con sus canastas y baúles, sentadas en el piso sobre telas de colores.

En el centro estaba la que parecía la mayor, que llevaba un turbante rojo. Benjamín la creyó tan vieja como doña Constancia, una anciana que según le habían dicho cuando su familia llegó al pueblo unos meses atrás, era la mujer más vieja del lugar, y que de seguro tenía más de cien años. Al lado de la del turbante estaban las otras, muy engalanadas con faldas y blusas de vivos colores, algunas con matón de Manila, y frente a todas la más joven, que bailaba con una pandereta, acompañada por los cantos y las palmas de las demás.

Al terminar, la bailarina inclinó la cabeza y agradeció los aplausos de la gente reunida en aquel parquecito. Pensó que tendría aproximadamente la edad de su hermana Nena, o sea, varios años mayor que él, pero parecía más mujer que niña. Era morena de ojos zarcos, viva y desenvuelta, con los cabellos negros como todas ellas y muy delgada. Había en ella un resplandor interno que se le traslucía en los ojos y en la frente, que le bañaba los labios y le calentaba el acento cuando hablaba. En un momento se le acercó a Benjamín y con una mirada intensa le dijo:

—Me llamo Záfira. Déjame ver tu mano.

Le dio pena. Escondió las manos en los bolsillos y se separó de ella, cambiando de lugar y perdiéndose entre la gente.

Las gitanas vestían faldas largas que les llegaban hasta los tobillos por donde asomaban polleras de volantes; en la cabeza traían pañoletas floreadas, que dejaban ver un cabello negro azabache. Eran morenas con ojazos de gata enlunada, y algunas tenían narices aguileñas. Sus cinturas eran tan delgadas que parecía que no tenían estómago, y estaban enjoyadas con arracadas, collares y brazaletes de oro.

Dijeron que viajaban por todo el mundo y los primeros tres días se dedicaron a vender yerbas que decían venir de distintas latitudes para curar toda clase de enfermedades.

Záfira seguía a Benjamín con la mirada mientras la vieja, que luego resultó ser su abuela, recitaba las enfermedades y sus remedios, pronunciando la letra «r» como «rr».

«Boldo pa*rr*a los oídos, vale*rr*iana pa*rr*a la epilepsia, borraja pa*rr*a las anginas, á*rr*nica pa*rr*a el acné, llantén pa*rr*a las vá*rr*ices, acanto pa*rr*a las almorranas, ipecacuana pa*rr*a la picadu*rr*a de a*rr*añas, laurel pa*rr*a el olo*rr* de los pies, sanguina*rr*ia parra las llagas, enciana pa*rr*a las blemas ...»

Cuando la abuela, al parecer, se cansaba, Záfira seguía con la letanía. Su voz era dulce y flexible, como si cantara, y cada vez que pasaba frene a Benjamín, lo miraba detenidamente a los ojos.

«Ruibarbo para la urticaria, beleño para agarrar el sueño, tamarindo para los empachos, damiana para la impotencia, tomillo para la sarna, hinojo para los hipos, digital para el corazón, marrubio para el asma, diente de león para los cálculos, simonillo para las diarreas verdosas».

A Marcial Álvarez, el hijo de Federica, le dieron una yerba en ayunas que le sacó una lombriz larga que medía más de un metro, que luego pusieron en una botella para que todos vieran lo poderosas que eran sus yerbas; a Pedro Castillo lo hicieron tomar un agua amarga y al día siguiente arrojó cientos de lombrices pequeñas, como fideos, que se enroscaban y se movían vivas dentro de un frasco que colocaron junto a sus canastas.

Cuando al tercer día ya nadie compraba yerbas, sacaron las piedras «preciosas», como las llamaban, que pusieron en un montoncito encima de un paño de terciopelo.

A la abuela se le acabó la voz de tanto pregonar, se le fue cascando hasta que no le salían sonidos de la garganta. Sólo movía los labios. Por eso Záfira era la encargada de tomar su lugar y su voz ladina se escuchaba por todos los rincones de la plazuela.

Para tener valor y fortalecer la mente, enseñaba una piedra azul pálido llamada caledonia; para poder dormir, una piedra muy negra, la turmalina; para las glándulas, una piedra muy azul con manchas blancas, la sodalita; para la sangre, otra piedra negra, la hematita; para equilibrar las emociones el ojo de tigre amarillo; para enriquecer la sangre y fortalecer la mente, una piedra verde oscuro, la obsidiana, insondable como la noche; para las glándulas, una piedra gris, la sugilita; para el corazón, la cornalina, como gota de miel; para los nervios, una piedra color verde esmeralda con manchas de arena, la amazonita; para el bazo y el páncreas, la malaquita verde oscuro; para el hígado el jaspe, rojo como ladrillo, y para los dolores, una piedra verde agua, casi verde amarillosa, la crisopa.

Ese día Záfira siguió a Benjamín el que pasaba frente al tenderete de la plazuela cuando salía de la escuela. Apretó el paso y casi lo alcanzó en el puente. Benjamín conocía el pueblo mucho mejor que ella y se le perdió en una de las calles, metiéndose en un chigre y luego en una tienda, saliendo cuando vio que no estaba esperándolo. Ya se encontraba cerca de la casa cuando Záfira le vedó el paso, apareciendo misteriosamente quién sabe de dónde.

—¿Qué quieres? —le preguntó.

Le tomó una mano y se la miró por arriba y por abajo, muy seria.

—Dios ha puesto marcas en las manos de todos los hombres para que cada uno conozca sus obras. Veo que tú no eres de estas tierras. Vienes de más allá del mar, como muchas de nosotras.

Benjamín se sorprendió, pero no le dijo que tenía razón, que su familia era de Cuba, y que estaban tan solo de visita en la región, a causa del trabajo de su padre que era ingeniero.

—Qué extraño —dijo, mientras seguía contemplándole las manos.

—¿Qué me va a pasar? —le preguntó con expresión inocente.

—Nada —le contestó sonriendo—, si siempre usas un amuleto muy poderoso que te voy a dar. Ven conmigo.

La joven dominaba el arte de atraer con verdadero aplomo. Benjamín la siguió hasta un pinar que había en las afuera del pueblo, junto al río, donde tenían levantadas sus carpas. La esperó cerca mientras Záfira entraba a buscar el amuleto.

Cuando regresó le dijo:

—Úsalo cerca del corazón. Es un talismán que te ayuda y te ampara—. Tenía las mejillas arreboladas y los ojos ardientes. Se dio la vuelta y se volvió a meter en su carpa.

Era una piedra amarilla, con un ojo de animal grabado en el centro. La apretó con fuerza en la mano y sintió una tibieza sudorosa, como si tuviera una brasa por dentro. La guardó en el bolsillo izquierdo de la camisa pero no fue hasta el día siguiente en que se dio cuenta de su poder: se aprendió todas las lecciones en la escuela, sacó sobresaliente en ortografía y lo escogieron para darle la bienvenida al inspector escolar que iba a llegar en unos de esos días. Y como si eso no fuera poco, al salir de la escuela se encontró un billete de veinte pesetas tirado en la calle.

Al cuarto día, cuando ya la gente se había surtido de piedras, las gitanas empezaron a leer la mano, las cartas y el poso de café en el fondo de una taza. También comenzaron a decir la buenaventura con caracoles que arrojaban sobre un tapete de arena.

Todo lo adivinaban.

A Encarnación, una vecina, le dijeron que aquel canalla que la había abandonado con sus tres hijos ya estaba arrepentido y que pensaba regresar muy pronto para pedirle perdón; a Rosario Paz le revelaron la causa por la que no podía tener hijos y le aseguraron que si seguía las indicaciones que le dieron en secreto dentro de un año estaría amamantando a su criatura, aunque ya tuviera cincuenta años de edad, lo que no era un impedimento, pues nuestra Señora Santa Ana se embarazó a los ochenta, decían; a don Calisto le adivinaron los enemigos que tenía y cómo desbaratar los daños que querían hacerle por envidia y venganza; a doña Encarnación Dueñas le interpretaron los sueños y le revelaron que el agua azul era riqueza, que el caballo blanco era un viaje futuro, que las mariposas negras presagiaban desgracia; a Carmela Vargas le dijeron que las llamas que la quemaban en sueños eran el amor que todavía sentía por aquel novio que nunca volvió a ver, que volaba porque quería ser libre y que el pozo sin fondo en el que a veces caía era la vida que soportaba al lado de su marido Gumersindo.

Al primo Manuel le manifestaron que sería rico muy pronto, que siguiera administrando propiamente el almacén pero que la mala suerte le iba a nublar el futuro sino llevaba siempre colgado en el pecho el amuleto que le vendieron. Y le recomendaron que dejara progresar a su mujer, que era muy desgraciada por haberse casado con un hombre tan celoso como él, y que valía más que se alejara de esa otra mujer, cuyo nombre empezaba con «M», que lo único que quería era separarlos.

—¿«M» de Marina? —le preguntó el primo, muy bajito, para que nadie escuchara.

Al alcalde le dijeron que iba a haber una desgracia muy grande en el pueblo el día de las elecciones, si es que él no sabía elegir bien al candidato; a los Bragados les adivinaron una plaga terrible en sus tierras y les recomendaron que cuidaran lo que comía su ganado porque se lo iban a envenenar unos vecinos malvados que les tenían mala voluntad; a la directora de la escuela le revelaron que la iba a visitar el inspector de la zona muy pronto, que se fuera preparando, porque iba a hacer una revisión a la escuela; al recaudador de rentas del municipio le vaticinaron que iba a sufrir un robo; al telegrafista que ya lo iban a relevar y que pensaban mandarlo a un lugar donde había mucha agua; a don Ruperto, el dueño de una de las minas, que iban a bajar los precios; a otra señora que iba a encontrar el anillo perdido; a las hermanas Estrella que se les avecinaba una pena muy grande y al músico Rodrigo que tuviera cuidado porque le iban a romper el violín en una boda.

Cuando el padre de Benjamín regresaba de la oficina de las minas donde trabajaba como ingeniero, y el muchacho, emocionado, le contaba las predicciones y los acontecimientos del día se reía de lo lindo junto con su mujer, Pilar.

Al sexto día, cuando regresaba de la escuela, Záfira le salió de repente al paso y cogiéndole las manos le dijo que él también estaba entre los elegidos, haciéndole jurar que no se lo dijera a nadie. Era un secreto entre ellos. Benjamín la escuchaba con embelesadora turbación y de inmediato ella le dijo lo que tenía que hacer.

Fue a la casa y, cuando nadie lo vio, sacó del baúl de su mamá la caja labrada donde ella guardaba sus joyas. Ahí estaba una pulsera de su hermana Nena, el anillo de bodas que su madre ya no usaba porque le quedaba chico, una medalla de la Virgen de la Caridad, de oro puro, que era tan pesada que su madre no la llevaba con frecuencia, un broche con amatistas que su papá le había regalado allá en Cuba cuando eran todavía novios, unas arracadas de oro que sólo se ponía en bodas y fiestas especiales, un guardapolvo, que una de las abuelas le había regalado antes de morir, con un retrato en miniatura, un broche de brillantes y esmeraldas que representaba una palma real, y una mosca de oro lindísima, con ojos de rubí y alas de amatista, que su abuelo le regaló a su padre el día que se casó para que se la pusiera como broche de corbata.

Envolvió todo en un paliacate, tal como Záfira se lo encargó, y se fue a buscarla.

La tarde iba cayendo, despejada, en un crepúsculo suave cuando se sentaron en una piedra cerca del río, en el pinar donde tenían sus carpas. Benjamín le había llevado un trozo de *carbayón,* y la gitana devoró aquel pastel de almendras y yemas en un santiamén. De seguido amarró las cuatro puntas del pañuelo, lo apretó contra su pecho, le hizo cerrar los ojos y dijo una oración en una lengua rara con palabras que le parecieron tenían muchas eles y jotas.

Luego, con un guiño enigmático le dijo:

—¿Quieres ver mi conejito?

Como niño demasiado inocente Benjamín no supo que decir. No esperaba aquella pregunta. Cualquier astucia de la sensualidad en un joven inexperto y débil, hace vibrar una fibra emocional recóndita y sugestiva. Y de pronto le llenó todo el cuerpo un calor febril, difícil de explicar. En eso llamó la abuela a Záfira desde la carpa.

—Luego regreso—le dijo—. No te vayas a ir porque todavía no hemos terminado. Tengo que darle la comida a la abuela.

Estaba impaciente. Benjamín la esperó un buen rato y como ya oscurecía, tuvo que irse.

Toda la noche se quedó pensando en aquel encuentro y en las palabras de la gitana. Tenía la suprema inquietud del que aguarda una sorpresa pero con la certeza de que es imposible que llegue.

El día siguiente era el séptimo. La mañana nació tardía con espeso embozo de nieblas. Fue ansioso al parque a buscar a Záfira pero ya no había rastro de las gitanas. Corrió jadeante hasta el pinar y no encontró rastro del campamento. Habían desaparecido las carpas, las fogatas y las cazuelas de cobre que brillaban en el sol. Preguntó por ellas y le dijeron que muy temprano se marcharon por el mismo camino por donde habían llegado.

Se quedó muy triste, lleno de inquietudes. No pudo despedirse de Záfira y ella no pudo terminar su trabajo. Regresó a casa con el bulto escondido y lo guardó debajo de la cama porque nadie debía desatar los nudos hasta que pasaran veintiocho días.

Esa tarde vino a visitarlos el primo Manuel. Pilar le preguntó que para qué lo habían encerrado las gitanas en su carpa y él respondió, algo desvelado y tímido, que para nada. Cómo nada, le dijo ella, tuvo que haber sido para algo. Bueno, querían darme consejos para que cambie mi mala suerte, le contestó. Una racha desapacible entró en la habitación y la madre de Benjamín, que había sido siempre muy observadora, notó que le faltaba el diente de oro que se había puesto no hacía mucho.

—¿Qué le pasó a tu diente de oro? —le preguntó.

—Se me cayó el otro día al estar comiendo turrón.

Pilar se fijó entonces en que no traía el reloj que se había comprado cuando había ido de visita a Madrid, hacía ya algunos años.

—¿Y el reloj?

—Necesitaba dinero y lo empeñé, pero ya lo voy a desempeñar, tan pronto venda la yegua.

Su prima lo escuchó con absoluta incredulidad y le pidió que le enseñara su mano izquierda, que el primo no se sacaba del pantalón. Él no quiso y, dirigiéndose a la puerta, le dijo que no le estuviera dando lata, que él mejor se iba. Pero ella lo alcanzó en la puerta y se le atravesó para que no saliera.

—Enséñame la mano.

No tuvo más remedio que obedecer, porque él conocía bien el carácter de su prima.

—¿Dónde está tu anillo de oro?

—Lo guardé para que no se me fuera a perder.

—A otro perro con ese hueso —le dijo. Y le ordenó que fuera por él a su casa. Él se enojó y en son de protesta dijo que no era un niño chiquito para que le diera órdenes.

Después de pelear un rato, el primo Manuel se vio obligado a decirle dónde estaban el reloj, el anillo y el diente de oro.

—Todo está seguro —respondió—. Están con las medallas, anillos y arracadas de mi mujer—.Y fue a su casa a traer un paliacate rojo anudado en las cuatro esquinas.

—Mira, toca, aquí está todo —le dijo a su prima.

Todos tocaron el pañuelo y claramente sintieron los anillos y las medallas, palparon las pulseras, los aretes y hasta dos monedas de oro que el primo tenía desde hacía años acuñadas con el busto de Alfonso XII.

Pilar le ordenó que desatara los nudos, pero el primo Manuel se negó. Dijo que eran sus joyas y que no se metiera en sus asuntos. Pilar entonces le habló fuerte y le dijo que de ahí no iba a salir hasta que le contara qué secretos se traía con esos nudos y ese pañuelo cochino.

¿Y si a ella se le ocurre buscar sus joyas en el baúl?, pensó Benjamín, muerto de miedo.

El primo Manuel no tuvo más remedio que contar la verdad. Dijo que no podía deshacer los nudos hasta que hubiera otra vez luna llena, lo cual sucedería entre veintiún y veintiocho días, más o menos, que entonces todo el oro de sus joyas se iba a multiplicar, porque así como el dinero llama al dinero, el oro atrae al oro, y a él le iba a cambiar su suerte y se iba a volver muy rico, que hasta con ella iba a compartir parte de su riqueza, porque él no era egoísta, que lo único que necesitaba era tener fe y dormir con al paliacate bajo su almohada hasta que llegara el día esperado.

Lo mismo le había dicho Záfira —se dijo Benjamín.

En un descuido de su primo, Pilar le quitó el paliacate y desató los nudos. Aparecieron cadenas y anillos de hierro, tornillos, monedas de cobre, pulseras de quincalla, aretes de alambre y hojalata.

—¿Ya ves, por desconfiada? —le dijo Manuel—. Ya echaste a perder todo. Mira en lo que has convertido mis joyas. Me dijeron que tuviera fe y que no dudara, porque esto podría pasar.

—Parece mentira que seas primo mío. Eres un imbécil y las gitanas son unas ladronas —le contestó en tono enérgico y decidido. Y sin esperar por su marido, de inmediato se fue a la Guardia Civil a denunciar los hechos.

Se avisaron a los pueblos vecinos por donde tenían que pasar las gitanas y se ordenó que les cerraran el paso y las trajeran de regreso por la buena o por la mala.

Corrió la voz por el pueblo y los otros seis elegidos dudaron, perdieron la fe y desataron los nudos de sus pañuelos encontrando la misma chatarra que el primo Manuel. Benjamín buscó el paliacate debajo de la cama, lo tocó y decidió desatar los nudos a la medianoche, cuando nadie lo viera. Las joyas estaban ahí, brillando en la oscuridad. Las devolvió de inmediato a la caja de laca.

Las gitanas fueron detenidas y en el camino de regreso maldijeron a quienes las habían denunciado. A los que las habían apresado, les echaron una maldición que les iba a caer hasta la séptima generación. Un viento desabrido se afilaba y huía entre las calles cuando las prisioneras pasaron frente a la casa hacia el cuartel, que estaba en la calle de Enmedio. Záfira alzó la vista y miró a Benjamín. Llevaba una expresión muy triste.

En el cuartel revisaron el carro, sus baúles, sus canastas, sus ropas, sin encontrar rastro de joyas. Ellas juraron que las joyas estaban en los paliacates y que si se habían convertido en otra cosa, era por haber desatado los nudos antes de tiempo. Nadie las creyó y fueron encerradas en un calabozo.

Todo el día Benjamín estuvo pensando en ellas. Nadie les llevó de comer y de seguro esa noche iban a tener frío en la cárcel porque las metieron en un cuarto sin camas, con piso de tierra, ni siquiera un jergón para dormir.

Habló con el primo Manuel y sin que nadie los viera, les llevaron unas cobijas algo gastadas y alguna comida que se encontró en la cocina. Benjamín habló con Záfira a través de los barrotes. Le dijo que estaban muy agradecidas con él, pero que este pueblo malvado, donde ellas habían hecho tanto bien, lo iba a pagar caro, que todos se iban a arrepentir, que él se debía ir muy lejos, a su tierra de allende el mar, para que no le cayera la maldición. Una tristeza irreparable temblaba en su acento. Luego, mirándolo con sentimiento vivo, le reiteró que volviera al día siguiente temprano, porque no había podido terminar su trabajo aquel día en el pinar, y que trajera el paliacate con todo dentro, tal como se lo había anudado.

Aquella noche la pasó Benjamín con el pecho transido de inquietudes. Al día siguiente, desalado y curioso, regresó muy temprano a la cárcel, con el encargo escondido debajo de la camisa para que Záfira terminara su trabajo pero en la celda no había un alma. Al joven se le inquietó en los ojos un temblor de ansiedad. Los mismos guardias se sorprendieron de ver el calabozo vacío y nadie podía explicarse lo que había pasado: la cadena y los tres candados estaban en su lugar, intactos; los barrotes de la ventana seguían igual, inmovibles.

Se avisaron nuevamente a todos los pueblos y municipios cercanos pero nadie dio razón de las gitanas. Se habían esfumado. Lástima; ojalá vuelvan algún día, pensó Benjamín. Le gustaría que Záfira pudiera terminar su trabajo sea cual fuere. Y su rostro se iluminó a una ilusión sin forma y sin nombre.

Unos camioneros que llegaron de León, dijeron que las habían visto, pero que no iban solas, que las acompañaban unos gitanos.

—De seguro sobornaron a uno de los guardias y éste les dio la salida del pueblo —dijo el padre de Benjamín.

Él no lo creyó. Siempre había tenido la impresión de que su padre era muy mal pensado. Benjamín guardaba la certeza de que había experimentado algo profundo que en aquel momento no podía descifrar, un secreto dulce y a la vez triste.

EL CUMPLEAÑOS DE PAPÁ

Cuando me di cuenta de la fecha ya faltaban pocos días para su cumpleaños. Fue entonces que decidí invitar a papá a cenar el domingo en un restaurante del centro. Hablábamos por teléfono de vez en cuando pero no habíamos estado juntos desde hacía tiempo y realmente lo extrañaba. Pensé que una reunión de los dos solos, padre e hija, renovaría nuestra relación la que se había ido deteriorando gradualmente después de su divorcio de mamá, hacía ya tiempo. Cuando el día llegó vino prontamente a recogerme a casa. A mamá no le gustaba que yo lo viera y le había pedido tiempo atrás que no quería que entrara a la casa. Lo fui a esperar en la esquina de la calle para que no tuviera que llamar a la puerta y que mamá se enterara y volviera a empezar con su matraca. Nos saludamos y nos besamos. Llevaba su peculiar olor a colonia y a tabaco; su intensa mirada y el gesto cautivador no lo habían abandonado. Tan pronto entré en el carro empezó a dar una serie de explicaciones y rodeos que no comprendí del todo. Al fin me preguntó si estaba de acuerdo en ir a comer a casa de una amiga. Ella había preparado una cena de cumpleaños sin saber que yo lo había invitado a un restaurante y tenía la desatinada idea de que todos pudiéramos pasarla bien juntos. Me molestó que no le hubiera dicho nada a su amiga de nuestra cita, como si no quisiera estar solo conmigo, como si no quisiera hablar de lo nuestro. En fin de cuentas era su cumpleaños, qué podía decirle.

En cuanto salimos me dijo «¿cómo estás?», con esa voz cariñosa, muy especial, que me recordaba que estaba siempre a mi lado, de una manera que mi madre nunca me ha preguntado ni me preguntará tampoco. Ella no podría comprender ese «¿cómo estás?», así de simple y a la vez con interés. Olvidé al momento que estaba enojada. Pensé que me iba a preguntar de mi trabajo en la farmacia pero no lo hizo. Después de pasar la barriada atravesamos la ciudad y llegamos a un reparto en las afueras. «Aquí es Lucía», dijo, señalando una casa gris, sin ningún atractivo. Enfiló el automóvil y lo detuvo enfrente del garaje. Así que estuvo estacionado salió corriendo de la casa una niña como de ocho años gritando: «¡papá, papá!» La niña se prendió de su cintura tan pronto bajó del automóvil. Él le acarició el pelo y le dijo: «¿cómo estás?» con aquella misma voz afectuosa que había usado conmigo. Mi asombro fue total y me sentí realmente mal. No podía ni hablar; sólo quería gritar ¡niña idiota, éste es mi papá! ¡Siempre lo ha sido! Soy su hija única, su único amor. ¿Quién es esta mocosa, esta pequeña impostora? En eso salió una mujer de la casa y me saludó con lo que me pareció un guiño enigmático. La miré con curiosidad femenina pero no creí reconocerla. Era limpia y fresca, con los cabellos recogidos sobre la nuca. Sentí una excitación sorda y extraña y luego una angustia me comenzó a apretar el pecho: esa niña bien podía ser hija de los dos. Cómo era posible que hasta ahora no lo hubiera sabido. ¡Qué tapado se lo tenía!

Entramos a la casa donde había un fuerte olor a cocido y a melaza. Me sirvieron un vaso de cerveza sin pedirlo, me senté y lo empecé a sorber poco a poco. No sabía a dónde mirar, dónde poner las manos que yacían inertes sobre la falda, qué decirle a mi padre. ¿Qué pensar de él de ahora en adelante? ¡Cuánto me hubiera gustado estar a solas con él! La niña se me acercó con una gracia turbadora. Su cara era trigueña y ardiente y llevaba el pelo corto cubriéndole parte de la frente. Usaba lentes y reconocí unos ojos claros y suaves a través de los cristales: se parecían a los míos. Empezó por decir que estaba muy contenta de conocerme. Papá le había dicho que yo era muy inteligente, que siempre sacaba sobresaliente en las clases. Que fui a la universidad y que trabajaba en una farmacia. Casi vida y milagros. ¡Papá, papá y más papá! Mierda, porque ahora resulta que era nuestro papá y eso todavía no lo tragaba. Ella siguió barrenando con el mismo timbre: « yo también saco buenas notas; desde chiquita me dijeron que tenía una hermana mayor y tenía muchas ganas de conocerte en persona». Fue entonces que me dijo que se llamaba Cecilia.

Papá se sentó en el sofá, sacó uno de sus tabacos, encendió el televisor y se puso a ver un programa insípido, con la naturalidad de quien había llegado a su hogar. La mujer se sentó a su lado y le pasó el brazo por los hombros. Comenzaron a hablar con una mezcla de discreción y alegre inconsecuencia. De niña solamente lo veía los domingos cuando me venía a buscar. Alguna que otra vez me llevaba a carnavales y parques de diversiones o al zoológico, pero por lo general íbamos a su casa. Él pedía que me sentara en sus piernas, me acariciaba y me besaba y luego decía cuanto me quería por un largo rato. Después se pasaba el domingo viendo el puñetero televisor. Sólo se levantaba ya pasada la tarde para llevarme de regreso con mi mamá. Entre semana no se acordaba de mí, como si no existiera.

La mujer, que se llamaba Lucrecia, sirvió aceitunas, queso y cerveza, y se los llevó a mi padre. La niña bebía limonada y hacía un ruido peculiar con la boca cuando sorbía el refresco. Seguía hablando sin parar: «papá viene los domingos; yo estudio en una escuela a cuatro cuadras de la casa; mi mamá trabaja en una tienda; tengo muchas amigas». No pude concentrarme en lo que decía. Mi mente vagaba sin descanso. La oía entre frases mientras intentaba descifrar qué estaba pasando. Me sentía molesta. Cómo había sido capaz mi padre de traerme a este lugar de la puta madre, y con tal descaro; el cabrón vividor nomás venía a que lo atendieran.

«Lucía», me dijo una voz niña, sacándome de mi embeleso: «un día te llevo mi escuela, también te quiero enseñar mi cuarto. Sube conmigo». Me dejé llevar por la mocosa un poco porque estaba aturdida y otro tanto para escapar de la situación en la sala. Subimos tímidamente unas escaleras y nos quedamos solas. No se me ocurría nada de que hablar y me incomodaba tanto palique. Recordé entonces cuando papá me decía: «¿quién es mi niña preciosa, la única, la más querida?» Era una pregunta estúpida, de la que nos reíamos, porque yo era la más bonita y luego la más fea, después la más grande y de seguido la más pequeña, siempre su niña única, su favorita. «¿Tú vives con tu mamá, verdad hermana? ¿Puedo llamarte así, Lucía?» Vivo con mi mamá, le respondí. Me enseñó sus muñecas y empezó a jugar con ellas con la inocente coquetería de quien se aficiona a algo. La miré fijamente. En aquel momento pensé que no soportaba a aquella hermanita. De repente tuve una idea y le pregunté qué si quería conocer mi casa, podría venir a buscarla uno de estos días para que la viera. Cecilia quedó emocionada, en sus ojos se notaba la ilusión, como si la hubieran invitado a una fiesta. Adiviné que ella, de seguro, me creería cualquier cosa. Luego le advertí que no le mencionara nada a su mamá, que le dijera que iba a ir a casa de una amiga, ya que mi madre y la de ella no se querían, se caían mal. Por eso creo, le dije, que si le dices a dónde vas, no te va a dejar ir. Al punto se le encendió una sonrisa codiciosa y se abalanzó en un cariñoso abrazo. «Las hermanas son para contarse secretos ¿no?» Si yo le contara mi secreto, pensé, tal vez todo sería distinto, pero Cecilia era tan niña que no entendería nada. Demasiado frágil, tarde o temprano se iba a decepcionar. También la abracé fuerte; para darle confianza. Después me dijo que su madre salía de noche todos los jueves. En esos días la dejaba dormir en casa de su amiga Consuelito. Habla con Consuelito que vas a ir como siempre el próximo jueves, le dije, y ya en la tarde le explicaremos a tu amiguita. En ese momento una voz nos llamó a que bajáramos a comer.

El jueves siguiente llegó apresuradamente. Tomé la tarde libre en la farmacia, pidiéndole a otro farmacéutico que me substituyera. Pasé el día anterior haciendo planes. Estaba nerviosa. Había tenido unos sueños estriados de gris y amarillo, como un cielo de tormenta otoñal. Me estacioné a la vuelta de su escuela. Llegué puntual a la hora de la salida. Me bajé pero me quedé junto al carro. No pasó ni un minuto cuando la niña apareció corriendo hacia el coche. Entramos y al subirse me dio un beso. «Consuelito viene detrás de mí», me dijo, mirando por la ventanilla. No podemos esperarla, tenemos que salir rápidamente para eludir el tráfico, le expliqué. Me puse en marcha y me fui presta para evitar que nos vieran, mordiendo el asfalto brillante y oscuro. Empecé a hablarle para calmar la tensión. Le conté de cuando tenía su edad, de cómo escapaba de la casa si me enojaba con mamá; le pregunté si alguna vez había escapado. «Algunas veces, pero siempre me encuentran», confesó entre risitas. Nos parecemos más de lo que yo creía, hermanita. Una alegría cálida y dulce le iluminaba el rostro. Seguí conduciendo por las avenidas, pasé por el centro hasta llegar al otro lado de la ciudad, y nos acercamos a las estribaciones de la sierra. La tarde era dorada y madura. El campo en estas fechas está muy hermoso, le dije. Le expliqué que antes de llevarla a mi casa le quería mostrar mi lugar favorito: es un escondite, una cueva a donde iba cuando me quería alejar de todos, cuando nadie me comprendía. «¡Qué fantástico!» exclamó en voz alta y sonriente. Dejamos atrás los suburbios, abandonamos la carretera y nos adentramos en un camino de tierra. Guardé el coche detrás de unos arbustos. Trepamos una ladera por unos diez minutos hasta llegar a la cueva. Al entrar se le animó el semblante, creo por la novedad de la situación, y empezamos a hablar en la tenue penumbra del sitio. Todo estaba saliendo perfecto. La niña se encontraba fascinada con la aventura y conversaba con el mismo ímpetu y soltura que el día que la conocí. Extendí una manta en el suelo y nos sentamos. Saqué la comida del morral y le ofrecí. Toma, traje unos bocadillos y un refresco de limón, le dije. Come bien porque ya no vamos a cenar. ¿Cuándo ves a papá, hermanita? le pregunté. Su cara se ensombreció para decirme que lo veía sólo los domingos. «El llega temprano, cuando mamá está en el trabajo y se queda todo el día». «Luego, cuando ella regresa comemos los tres y ya de noche se va». ¿Te besa y te dice que eres la más linda de todas las niñas? le pregunté. Cecilia bajó la cabeza, luego alzó los ojos con un tinte de dolor irremediable pero no me respondió. La sangre se me subió a las mejillas. Ahora estaba segura, no podía permitir que siguiera pasando. Le di el refresco. La vi comer y beber: se comió la mitad del bocadillo y bebió el contenido de la botella mientras hablábamos. En sus ojos se iba apagando poco a poco la suave lucecita de la mirada. «Tengo sueño», murmuró. Duérmete un rato en mis piernas, le dije. Acaricié sus cabellos hasta que se quedó dormida en un éxtasis de seráfica dulzura. Su piel trigueña y dorada estaba caliente al tacto. Empezaba a darme ternura. Se había tomado todo el refresco, hasta la última gota. Puse el resto de las pastillas en el fondo de su garganta. Le quité los lentes pero era demasiado hermosa sin ellos. Le tapé los ojos con un puñado de tierra. La respiración era cada vez más suave. La recosté sobre la manta y me fui. No había sitio para las dos. No iba a permitir que nadie usurpara mi puesto.

EL ERMITAÑO

Para Daniel Montoly

«¡Desde el fondo del alma te invoco, oh Padre Eterno! ¡Señor, escucha mi voz! ¡Qué tus oídos estén atentos a mis súplicas! ¡El perdón se encuentra en ti, Padre Eterno! ¡Mi alma confía y espera tu promesa redentora!»

Las palabras de la oración fluían, ininterrumpidas, a través de los labios de aquel monje. Era la plegaria que exclamaba, repetidamente, día a día. Atormentado por el recuerdo de la carne y de una vida trágica, le había pedido al padre abad del monasterio que lo dejasen vivir en una gruta desnuda y solitaria, situada en lo alto de un abrupto acantilado, parte de los terrenos del monasterio y difícilmente accesible. Desde aquel sitio, al igual que una plaza inexpugnable a salvo de todo enemigo, entre el cielo y el mar, el horizonte dibujaba su linde prístina en la distancia, y el sol, al partirla, parecía una enorme hostia redentora. Allí vivió fray Elías por mucho tiempo ante aquel diario espectáculo en comunicación con Dios, sin hablar jamás con nadie, en la soledad y la oración, con los ángeles por únicos confidentes. Tan solo le bajaban pan y agua en un cesto una vez por semana, y así en aquella beatífica monotonía transcurrieron cuarenta años antes de que un día dejara de tomar el suministro que sus hermanos en fe le proporcionaban.

Convencido de que había fallecido, el prior dio orden y un monje bajó entonces ayudado de la misma cuerda con que le bajaban las provisiones, para inspeccionar el lugar y retirar el cadáver.

Cuál no sería su asombro al descubrir que la cavidad estaba totalmente vacía. El cuerpo del anacoreta había desaparecido sin dejar rastro, y la búsqueda llevada a cabo al pie de aquel abrupto farallón escarpado, a más de cien profundos metros de distancia de la gruta, no dio ningún resultado. El monasterio todo quedó maravillado por lo que tenía el aspecto de ser un verdadero milagro. Unas semanas más tarde, un santo monje de aquella orden religiosa tuvo la visión de que el cuerpo del ermitaño, a través de la oración, se había vuelto tan puro que había sido transportado por los ángeles directamente al reino celestial, al igual que su homónimo bíblico. Desde entonces, fray Elías fue venerado por la comunidad monacal como un gran santo, llegando su piadosa reputación a propagarse más allá de los muros de aquella casa de Dios.

Doscientos años más tarde, otro monje igualmente atormentado por una pasada vida impía, sintió el llamado a la renuncia y al abandono absoluto como único modo de quebrar las cadenas que lo ataban a un ayer de ignominia. Le pidió así al prior que lo dejara vivir en la inhóspita gruta, siguiendo los pasos del venerado fray Elías en su fe y en su confianza absoluta en Dios. Después de largas meditaciones y con la ayuda de la oración, el abad accedió a que aquel monje —bien firme en su deseo de permanecer en la gruta hasta la muerte— hiciera voto de vivir recluido en aquella prisión voluntaria. Habiendo hecho esto, lo bajaron a la cavidad, le dieron un jergón, ropa de abrigo y varias mantas de lana para protegerse del frío, proporcionándole por igual pan y agua todas las semanas. También le suministraron velas y le dejaron llevar un solo libro: la *Sagrada Biblia*.

«¡Desde el fondo del alma te invoco, oh Padre Eterno! ¡Señor, escucha mi voz! ¡Qué tus oídos estén atentos a mis súplicas! ¡El perdón se encuentra en ti, Padre Eterno! ¡Mi alma confía y espera tu promesa redentora!»

Eran las mismas palabras de la oración que salían ahora de la gruta en boca de un nuevo ocupante. El monje dormía y rezaba al fondo de la cavidad. Comía, recitaba el oficio y leía la Biblia más cerca de la abertura, a fin de tener mejor iluminación. Desde que diez meses antes había empezado a llevar esa vida de recluso, nunca había lamentado, ni por un solo instante, su decisión. Su rostro mostraba una pacífica dulzura llena de comprensión, quieta y honda, como un remanso de bondad. Dependía de la Providencia divina, y vivía con los ojos del alma puestos en la miseria de la condición humana y la grandeza de la misericordia de Dios.

Encima de los gigantescos murallones, recogiendo toda la luz de aquel imponente peñascal, la gruta era un cuerpo vibrante al recaudo del inexorable horizonte. El monje le rezaba también todos los días a su modelo, fray Elías, pidiéndole fuerzas para perseverar en la fe y la confianza en Dios. Cuando aparecía una sombra de desaliento, pensaba en el santo ermitaño que había vivido, rezado, hablado con Dios y con los ángeles en aquel lugar durante cuarenta años, y simplemente ese pensamiento le restauraba la fe y le devolvía el valor.

Una mañana, mientras salmodiaba su perpetua oración caminando por el estrecho espacio de la gruta, notó que en la pared del fondo había una zona menos llana y que en realidad eran varios bloques de rocas superpuestos, cubiertos de una capa de polvo tan gruesa que eran difíciles distinguir a simple vista. Comenzó entonces a escarbar en la pared con la ayuda de una piedra cortante y se dio cuenta de inmediato que se trataba de un desprendimiento muy antiguo. Originalmente la gruta debía haber sido más profunda, se dijo, y de seguro se podía acceder al fondo de ella por un estrecho pasillo. Al haberse derrumbado el techo de ese pasaje, el fondo de la caverna había quedado inaccesible.

Pasado el primer momento de estupor, decidió no dejarse alterar por ese descubrimiento que de inmediato no le pareció significativo, y recuperó su ritmo de oración y de lectura cotidiano. Esa noche, sin embargo, pese a su rezo incesante, el monje no podía evitar de pensar en el alud y una sensación de enigma al igual que una irreprimible curiosidad comenzó a agitar sus adentros: ¿qué podía haber detrás de aquellos bloques de rocas amontonados? Tal vez nada, se dijo. No obstante, para liberar su mente de esa pregunta punzante, decidió apartar las rocas para saber a qué atenerse.

Despuntaba claro el día y el sol se alzaba resplandeciente en la curva del oriente. El tono pálido del cielo y la claridad roja del astro componían un himno a la Elevación. Inmediatamente después de comer algo y de hacer las oraciones del oficio, con la ayuda nuevamente de una piedra, consiguió remover el polvo y separar los contornos perfilándose las rocas con claridad. Esa mañana dedicó un par de horas a tratar de desprender los bloques y lo mismo hizo en días sucesivos hasta que poco a poco llegó a mover y luego a retirar una roca y luego otras. En varias jornadas de trabajo el pasadizo estuvo despejado dando paso a lo que era una segunda parte de la gruta. Sintió un desfallecimiento horrible cuando, desde la sombra, un fuerte olor de humedad, incluso de podredumbre, le hirió en el rostro. Con la luz de una vela comprobó que esa escondida cavidad era aún más pequeña que la primera y, sobre todo, más angosta y baja.

Fue entonces que, cuando comenzó a inspeccionar el lugar, en la parte más lóbrega y a la escasa luz de una vela, sus ojos descubrieron algo singular: un esqueleto reposaba bajo jirones de tela pasada. Una medallita de oro encontrada con la osamenta no dejó ninguna duda sobre la identidad del difunto: fray Elías.

El monje se quedó estupefacto. ¡Esa era la razón por la que no habían encontrado el cuerpo del santo ermitaño! Con toda probabilidad se aislaba para dormir en la segunda parte de la gruta y una noche un desprendimiento había obstruido el pasadizo separando trágicamente las dos cavidades y el infeliz se había encontrado atrapado. Debía de haber muerto de hambre y de sed. Una emoción inmensa le hizo juntar las manos y cayó postrado en oración.

Después de un momento pensó en el monje que había tenido el sueño en que había visionado a los ángeles transportando el cuerpo del ermitaño directamente al cielo. Aquella dilucidación se había impuesto como un mandamiento y desde hacía dos siglos se veneraba la memoria de fray Elías como la de un gran santo. Un estremecimiento de pena y desconsuelo recorrió en aquel momento la fibra entera del monje y recordó la sentencia bíblica: *nada hay cubierto que no se haya de descubrir, ni oculto que no se haya de saber.*

«Señor mío Jesucristo, Hijo de Dios, ten piedad de este pecador», dijo en voz alta. Luego, aquel monje con el cuerpo macerado por el ayuno y el sufrimiento, rezó y se tranquilizó pensando que fray Elías sin duda había alcanzado, después de tantos años de soledad, un altísimo grado de espiritualidad. Poco importaba, pues, que su muerte hubiera sido accidental a causa de un argayo y no milagrosa.

Decidió dar cristiana sepultura a su desdichado compañero. Lo ideal habría sido informar a los monjes de ese descubrimiento a fin de que el santo hombre fuera enterrado en el monasterio. Sin embargo, renunció a ese proyecto temeroso de enturbiar la fe de algunos hermanos, que profesaban una inmensa veneración por el ermitaño, y la reputación que había adquirido el santo varón. Tomó la decisión de juntar los huesos al fondo de la gruta, cubrirlos con piedras y poner encima una pequeña cruz de madera que había llevado consigo. Mientras terminaba el trabajo recitaba la voz del salmo de la postrimería empapado de fervorosas resonancias.

Miserere mei Deus: secundum magnam misericórdiam tuan.

Et secundum multitudinem miserationum tuarum dele iniquitatem meam.

Luego tan sólo se podía oír el llanto silencioso de la vela ardiendo en la penumbra y más allá de aquella cueva, el susurro del viento arañando las piedras. Observó entonces que allí cerca se encontraba el santo libro que había acompañado a fray Elías por tantos años. Era un volumen al parecer de textos piadosos de elaboración antigua: una serie de pergaminos cosidos en un extremo y entapados con piel becerrona.

Muy emocionado y mientras lo desempolvaba lo llevó a la primera gruta para poder contemplarlo a la luz cenicienta de la tarde. Al abrirlo se dio cuenta de que había algo escrito en el primer folio. Pensó que el santo ermitaño, antes de morir, había deseado dejar un mensaje, una especie de testamento para sus hermanos, y que la divina Providencia había querido que fuese él quien lo leyera por primera vez dos siglos más tarde.

«Señor mío Jesucristo, Hijo de Dios, ten piedad de este pecador», dijo nuevamente el monje en voz alta y conmovida, y sus ojos llenos de ansiedad se dirigieron hacia lo que había escrito con mano trémula, al parecer. Eran tres palabras que estaban algo borrosas y el monje se dio cuenta que el santo hombre había escrito sus últimas palabras con la yema del dedo impregnada en sangre. Con el corazón palpitante leyó aquel mensaje que fray Elías había dejado a los humanos dos siglos atrás después de cuarenta años de reclusión: *Dios no existe.*

LOS AÑOS VIEJOS

Para Eduardo Pelaez

Cuando Ernesto se vio la noche del sábado con Roberto y Armando en aquel bar de la Calle Ocho no pensó que iba a pasar después un rato extraño y amargo. Creyó, como sucedió al principio, que iba a hablar de los años viejos y padecer esa incomodidad que sucede al explorar en el pasado momentos que perduraron, pero que no tienen por qué ser del todo rememorados. ¿Qué rechazaba, entonces? No, no la nostalgia en sí, sino cierto morboso anhelo de crear la añoranza hasta llegar a lo enfermizo. Recrear, con mayor o menor exactitud, instantes que se vivieron y que no volverían jamás, que no podían volver jamás. Y lo que a él le desagradaba especialmente, era sentir de pronto, acumulado en todo su peso, el ciego correr de los años. Mejor no recordar, desde luego, pero la educación y un cierto goce secreto por la tristeza —no declarado y menos admitido— hacían elaborar proteicas posibilidades en los detalles. Por supuesto que conservaba estimación hacia Roberto y Armando, por qué no, pese a que el destino, con benevolencia o crueldad, los hubiera convertido en ingenieros civiles, cumplidos esposos que buscaban con discreción ser infieles y se enorgullecían de ello, miembros de un apretado grupo de matrimonios que se reunían asiduamente a tomar una copa, a conversar del trabajo, de la política, de ya no se puede vivir en una ciudad como Miami: un mundo de frases hechas, de anécdotas gastadas, de fútiles mezquindades, de golpes bajos, de autojustificaciones constantes donde los culpables son siempre los otros. Ahora que se interrogaba por esa estimación hacia Roberto y Armando, advertía, no sin sorpresa, que era en buena medida porque ellos habían tratado a María Isabel, y Roberto había sido su novio anterior. «Le quedaba grande» —se dijo, no sin cierta convicción mezquina de superioridad—. Ernesto recordaba que hacía dos años se había encontrado con Roberto en un bar de la playa, y que éste, entre los te acuerdas de y a quién has visto últimamente, le informó que María Isabel seguía casada con el novio que tenía desde que terminó la escuela, el tipo que pintaba para calvo a los veinte años, sí, confórmate con pensar ahora lo que perdió sin ti, o ganó, quien sabe.

Fue el miércoles anterior, a medio día, que se había vuelto a encontrar con Roberto en La Carreta y después de las frases convencionales y del intercambio protocolario de saludos quedaron de reunirse ese sábado a las siete y media en un pintoresco bar de la Calle Ocho, y ahora que está concertada la cita y nadie se raja, le dijo, como castigo te voy a traer a Armando quien, como seguro te imaginas, sigue igual de hablador que antes. Risas. Adiós. Hasta el sábado.

Ernesto vio el reloj: siete y veinticinco. «Aquí nadie nunca llega a tiempo. Ojalá no lleguen.»—se dijo. Comenzó a ojear un periódico que había sobre el mostrador. Se decía, con fastidio, incómodo, que no había de hecho nada que conversar, que sería una semitortura la exploración de recuerdos, que los amigos antiguos son eso, antiguos; habían venido de Cuba de jóvenes y habían ido a la escuela juntos, eso era todo. De pronto, se volvió hacia la puerta y vio entrar a Roberto y a Armando. Se acercó. Saludos, risas, abrazos, palmoteos.

—Finalmente, después de tantos años —dijo Ernesto con un repentino buen humor mientras los otros caminaban hacia el bar—. Óyeme, Armando, con esa barriga … ¡ni que estuvieras en estado!

—¡Pero mira quien habla! Y tú, tan ñato como siempre y con ese bigote de carnicero. Risas. Apretón de manos.

Armando se veía contento. Conservaba el buen humor y esa risa peculiar como de vidrios quebrándose. Su pedantería, que en los años de juventud lo volvía irritante hacia mujeres con un mínimo de inteligencia o sensibilidad, tenía quizás una sola raíz y en ella misma su justificación: era lo bastante limitado para que, teniendo un cierto atractivo físico, creyera que les hacía un favor saliendo con ellas. Luego, más pronto que tarde, le descubrían un castillo artificial: charlatán incorregible, hablaba de poseer en cantidades fabulosas, coches, motocicletas, casas, dinero, buenas amistades, que sólo existían en su imaginación. Pero los amigos, que lo conocían por el revés y el derecho, lo querían, cometiendo el perdonable exceso de hablar mal de su persona enfrente de él y en todas partes, siendo el principal difamador el propio Roberto, su mejor amigo.

Antes de pasar al bar, Ernesto se volvió y le dijo a Armando:

—Y cuánto tiempo hacía que no nos veíamos …

—¡Qué quieres! Gente como yo debe darse su importancia.

«Igual que antes, igual que siempre …» pensó Ernesto, que continuó con voz alta:

—Así que te casaste.

—Por segunda vez, chico. Hace cuatro años, y ya tengo un niño y una niña. Están preciosos.

—Entonces se parecen a la madre.

—¡Qué va! —intercedió Roberto—. Se parecen al jefe de la oficina donde trabaja. Risas.

—¿Y quién los mantiene? —dijo sarcástico Ernesto.

—Qué pregunta más tonta. Pues el imbécil de Armando. Para eso les dio el apellido —añadió Roberto.

Risas. Palmadas en la espalda. Más risas.

—¿Y tú por qué no te has casado? —le preguntó Armando.

—¿Cómo está tu hermana?

—Olvida el tango, Ernesto. Feliz y con cinco hijos.

—Bella felicidad, desde luego.

Se sentaron. Las bromas introductorias habían servido para borrar la incomodidad que sentía Ernesto. Roberto ordenó una cerveza. Armando un whisky, Ernesto otro. Más tardaron en sentarse que Roberto en preguntar sobre antiguos compañeros de la escuela.

Ernesto dio el primer sorbo y el whisky pareció enlazarse al paladar.

—¿A quién ves?

—A los que más veo son a Mario y a Juanito.

—¿Supiste que Alvariño se ñampió, como decían en nuestra tierra? —dijo Armando.

—Sí, hombre. Viajaba por la 75, muy cerca de Fort Myers. Fue hace tres o cuatro años, creo.

—Siempre nos llevamos bien. Estaba muy pendiente de las cosas de la isla. Tenía familiares en la cárcel —intervino Roberto.

—Cambiemos de conversación; no me gusta hablar de muertos ni de política —advirtió Ernesto que relacionó de inmediato la muerte de Alvariño con la de otro amigo suyo fallecido en circunstancias trágicas. En aquel momento sintió una honda pero fugaz sensación de tristeza.

—¿Y Mario Cruz?

—El otro día lo vi tiene un negocio de seguros por la Miracle Mile —dijo Armando.

—Pues yo me encontré a Conrado de jefe de meseros en un restaurante de la playa. No quería ni que le diera propina —dijo Roberto.

Recordaron amigos que se habían hecho médicos («prefiero morir en mi casa»), contadores («¿has conocido uno solo inteligente?»), arquitectos («yo a ese no le doy mi casa ni para que la demuela»), etcétera, etcétera. Evocaron anécdotas —casi siempre exageradas o con algún sesgo fantástico—, frases que no siempre se dijeron como se relataban o se ubicaban en otra realidad. Trajeron a la memoria cuando Armando anduvo con Bertica y con Susan, una americana, y Roberto con María Isabel.

—¿Y María Isabel? —, preguntó Armando.

«María Isabel, María Isabel ...» —se repetía interiormente Ernesto, que se sentía revolviendo inquieto el limo del pasado en recuerdos que intensamente lo penetraban.

—Y ... ¿María Isabel? ¿Alguien la ha visto? —dijo finalmente, no sin cierta dificultad.

—Hablando del rey de Roma. ¡Qué te cuento! —exclamó Roberto con su característico tono exaltado. Me la encontré no hace mucho en una fiesta. ¿Te acuerdas qué bonito cuerpo tenía?

—¡Quién no se iba a acordar! ¡Estaba entera! —dijo Armando.

—Pues chico, te digo que ahora está mejor, de veras —añadió Roberto.

—¿Iba sola? —volvió a articular de un modo difícil Ernesto.

—Sí, hasta me dieron ganas de invitarla a salir. Pero pensando en Patricia ... tú sabes ... figúrate que lío si se entera ... Ah, por cierto, me preguntó por ti, que qué hacías, que dónde andabas —hizo una pausa y sorbió un trago de whisky.

—¿Y qué más te preguntó? —añadió Ernesto, ansioso.

—Me dijo que a veces leía tus reportajes, que te hubiera imaginado como político, no como periodista. Pero en el mejor de los planes, sabes.

Ernesto sonrío ingenuamente mientras en el rostro le ardía un pensamiento soñador.

—Y el marido, ¿no estaba con ella?

—Chico, estás detrás del palo, como el que dice. ¿No sabías que el tipo espantó hace como un año? Creo que estaba en banda.

—A mí nunca me gustó, siempre me pareció un coñazo —dijo Armando.

—Lo que sí no sé es quién se quedó con el hijo —añadió Roberto—. No se lo iba a preguntar, ¿verdad?

—Seguro que con ella —intervino Armando con una sonrisa—. Acuérdense que las mujeres son primero madres y después hembras.

—¡Coño! ¡Oigan al filósofo de Coral Gables! ¡Primera frase brillante que te oigo en diez años! ¿A quién se la oíste, cabrón? —prorrumpió a su vez Roberto.

Ernesto se quedó pensativo entre la risa de los otros dos. Luego fijó los ojos en Roberto y preguntó algo turbado:

—¿Y qué más sabes de ella?

—Hablamos muy poco. Como diez minutos. Sé que trabaja en la oficina del padre. Le pedí su teléfono para invitarla un día a la casa. Y ahora … chico, ¿por qué ese empeño?

—Me interesa, es todo.

—Bueno, Roberto, no arrugues que no hay quien planche, como decía mi madre —intervino Armando sin disimulo.

—Es raro que no te la hayas encontrado en alguna parte en todos estos años. Pues mira, te voy a dar su teléfono, aquí traigo le libreta. A ver … aquí está: María Isabel Mendoza. Anótalo. Creo que vive en Miami Lakes.

—¿Vive sola? —preguntó Ernesto mienntras copiaba el número.

—Debe vivir sola, me imagino. A menos que ande con otro.

—Sería bueno saberlo …

Siguieron conversando, bromeando, pero Ernesto tenía la mitad de la atención en lo que se decía y la otra en imágenes y sensaciones de la relación. Sentía una emoción triste, una cierta angustia con ansia empujada por la mano del recuerdo. Apretaba los puños, se le oprimía la garganta. Se decía: le voy a hablar mañana. O pasado, mejor: es lunes. Vio el reloj discretamente: las nueve. Le hablo hoy mismo si está en casa. Es buena hora, todavía. Es algo que no espera.

Sentía un principio de sofocación, como si quisiera romper una atadura dentro del cuerpo: ¡ya! ¡ya! ¡ya! Se calmó, al fin, y aprovechando un silencio, añadió:

—Tengo que disculparme pero debo terminar un artículo. Estoy atrasadísimo.

—¡Coño, mira la hora! Yo también tengo que irme, le dije a Patricia que estaría temprano. A ver tú, monigote, ¿Quieres ser el paganini? —dijo Roberto.

—Desde luego. Pues están invitados el jueves a la casa a comer —aseguró Armando sonriente—. Van a ver cómo armamos otra vez el grupo.

El grupo —se dijo Ernesto—. Tantos años después. Muy difícil. Son de esas promesas que se dicen con plena convicción en el momento y que pasados los días o las semanas se vuelven cenizas. Cualquier pretexto es aprovechable para verse menos, o no verse. Además, ¿qué grupo?

Ernesto se despidió frente a la puerta, no sin premura, de sus amigos. Y los consabidos nos vemos el jueves. Nos vemos, Roberto. Un abrazo. Nos vemos, Armando. Fuerte apretón de manos. Un abrazo. Adiós, adiós.

—¿No quieres que te llevemos?

—No, vivo aquí al lado, en un edificio cerca de La Ponce de León. Por eso no traje el carro, quería caminar un rato.

La noche se había espesado en un aire hostil y la Calle Ocho se dilataba con un tráfico atroz por la gente que los sábados iba a los bares, a los restaurantes, quién sabe adónde. Caminó en dirección oeste. Apretaba los puños, se mordía los labios, sacudía la cabeza. Mejor dejémoslo como está. No busquemos lo que ya no tiene razón de ser. Pero no. A lo mejor sí. Algo, algo queda, algo ... Le preguntó por mí, además. ¿Por qué no intentarlo? Nada pierdo.

Imágenes, imágenes: el rostro de María Isabel, los ojos azules, la nariz fina, boca sensual y labios que se hacían agua, el cabello castaño que caía—¡como si no cayera¡— sobre los hombros y parte de la espalda, talle flexible y delgado, ojos que se multiplicaban en las cosas que veían, y que se apropiaban la emoción y la luz de todas las vidas palpitantes. María Isabel, en medio del patio, cubriendo la tierra y el cielo; María Isabel y él atravesando el jardín de su casa; María Isabel acercándose, apretando sus muslos, lenta, intensamente, besándose tres, cuatro minutos, y los ojos de ella —¡el cabello sobre las sienes!— después del beso; los muslos hábiles de María Isabel; el desden horrible con que lo trató concluido el pleito. María Isabel. El primer amor, el amor de juventud, el amor en que cada cosa es de una intensa novedad y uno se siente exaltado, iluminado, purificado. Todo por ella. Todo para ella. María Isabel —se dijo con ternura triste— encarnaba los más bellos instantes del pasado.

¿Para qué buscarla? Están bien así las cosas, el recuerdo, la punzada del recuerdo, los errores cometidos. Hacía unos años —recordó— estaba cerca de la casa donde vivía María Isabel cuando eran novios. Voy a ver cómo es ahora —se dijo—, cómo veo ahora lo que fui, lo que fuimos entonces. Pero al llegar a la calle, al acercarse a la casa, lo que volvieron fueron las escenas difíciles, y en vez de alegría había sentido dolor, humillaciones. Tenía dos sueños recurrentes —o quizá uno, en dos partes— que lo perseguían y que se repetían apenas con ligeras variantes: Había un castillo casi infranqueable al que después de múltiples escollos se llegaba. En ese castillo había un señor sentado a la mesa comiendo con la familia. ¿Dónde está María Isabel? De pronto, de uno de los corredores del fondo María Isabel sale y lo ve, y él cree notar que le da gusto. Ernesto, ¿cómo estás? María Isabel le da un beso ligero en la mejilla, lo lleva de regreso al corredor donde se sientan en un sillón lujoso, conversan con animación. Ernesto está feliz, transportado, y piensa en lo que pudo ser, y pasa después a lo que puede ser, y entonces, del mismo corredor del fondo, de un cuarto de la izquierda, que quizá no sea un cuarto estrictamente dicho, sale el marido, ¿qué tal?, dice, sí, claro que me acuerdo de la única vez que nos vimos, y en ese instante la primera parte del sueño termina.

Entonces por otras calles y nuevos puentes, trata de llegar al castillo, lleva un regalo para María Isabel, un regalo que no sabe qué es pero que le gustará a ella sin duda, y llega por fin —¡por fin!— al castillo, y sube por una de las escaleras, que acaso no sea la principal, y al ir subiendo ve bajar a María Isabel con su marido, y le dice con triste ternura esperanzada: mira, María Isabel, te traía esto, y le da entonces una botella vacía.

Siguió andando. En una esquina vio a una pareja besarse y se dio cuenta que había vuelto a hallar lo eternamente sublime y conocido: el sentimiento. Recordó entonces cuando la besaba. Una oportunidad. Una oportunidad. Quiero salir, tratarla. A lo mejor es posible algo. A lo mejor. Pero lo importante es salir. Será como antes, seré mejor que antes. Tendré más ambiciones. Nunca, nunca es tarde; nunca. Recordó los años viejos, los años difíciles en que, pasado algún tiempo, con cierta perspectiva, ya no era fácil hablar de felicidad. Aquella bella época que de bella sólo tuvo la esperanza.

Al llegar al edificio abrió la puerta y subió con angustiosa rapidez. Luego puedo arrepentirme. Miró el reloj: diez menos veinte. Todavía es hora. Subió en el ascensor. Sacó la llave del bolsillo del pantalón, y abrió con nerviosismo. Tenía que calmarse. Fue hacia la cocina por un vaso de agua para aclarar la garganta. Lo bebió de varios tragos. Caminó hacia el cuarto y se sentó al borde de la cama. En su pecho ardían emociones fulgurantes y trató de calmarse de nuevo. Reconstruía el probable diálogo: le diré con exactitud lo que pasó; mira, me encontré con Roberto y Armando en tal parte y hablamos de ti y pasó esto y esto.

Descolgó el auricular. Pulsó con nerviosa lentitud los números. Trataba de respirar bien. Colgó. Estoy muy nervioso, se dijo.

Raspó la garganta, se levantó, dio vueltas alrededor del cuarto, volvió a sentarse sobre la cama. Parecía haber recobrado la serenidad. Pulsó el número completo.

—Diga.

—¿Me podría comunicar con María Isabel?

—¿La señora María Isabel? Lo siento señor, ya no vive aquí. Se fue hace quince días.

Sintió un golpe seco, se le cerraron, como con rápidas tenazas, el pecho y la garganta.

—¿Cómo? —alcanzó a decir con dificultad.

—Que ya no vive aquí la señora.

Se hizo un pequeño silencio y lo invadió una patente desazón. Luego la voz al otro lado.

— ¿Le urge?

—¿Tiene usted el teléfono de su nueva casa? —preguntó con cierta esperanza.

—No señor, no lo tengo. Pero no es difícil. Puede consultarlo en la guía. La señora volvió con su marido, él se apellida Condado, Raúl Condado.

Colgó sin decir una palabra. Se sintió inmediata y profundamente desolado. Bajó la cabeza y puso las palmas de las manos sobre las sienes, como aquella vez en que María Isabel lo miró con desdén después del pleito. Se repitió la historia, dijo en voz baja.

Permaneció así varios minutos, no sintiendo —no buscando sentir—, sino la concentración de su tristeza.

Algo en él había quedado adormecido en una ilusión vacilante y cómo aquella ilusión se extinguió de repente, nublándole los ojos y los sueños en la más negra oscuridad. Se puso de pie, caminó hacia la cocina y extrajo de la alacena la botella de coñac. Se sirvió una copa.

Regresó a la sala, sacó de uno de los anaqueles una sinfonía de Mozart y puso, en el tocadiscos, la parte del *minueto*. Se sentó en el sillón y bebió un sorbo de coñac. El jueves me invitaron Roberto y Armando. Quizá no vaya. ¿Qué les podría decir? Saben qué: decidí mejor no llamarla. Cuando las cosas han muerto, es mejor dejarlas de ese modo. Eso podría decirles.

Las tenuísimas notas de la orquesta se elevaban, se detenían a cierta altura del aire, lo penetraban. Parecía un lamento dulce.

Se levantó de nuevo, caminó hacia la ventana, salió a la pequeña terraza y vio el cielo negro y gris. Había algunas estrellas parpadeando. Respiró con desahogo el tibio aire de la noche y Miami le pareció de pronto desabrido y un poco vulgar a la vez. El jueves. No creo que vaya. ¿Para qué?

Adentro, en la sala, empezaba el *allegro* final.

EL CAMIONERO

I

La calle del barrio antiguo de aquel pueblo vecino con aceras de piedras y lajas era estrecha, casi justa para el camión de doce toneladas, y tomó tan cerrada la curva que cuando quiso frenar ya era tarde. El estruendo lo aturdió y se le clavó en los oídos como una flecha. A través del parabrisas en el momento de impacto, vio los grandes ojos llenos de asombro, muy abiertos, de la muchacha que parecían acusarlo con mirada afligida y última. Una de las varas de su carretón le había cruzado el pecho, como el arpón al pez, de parte a parte.

Se arrojó del camión y él mismo la desprendió de la vara. El dolor en sus ojos era evidente pero sin ningún rastro de lágrimas. La cogió en los brazos como pudo y su cuerpecito menudo temblaba como una hoja en el sobreviento. Con sus manos obstruyó los dos boquetes, intentando contener aquella sangre que le ardía en la fría piel de las manos.

Miró a su alrededor y vio a una vieja enlutada, halduda y ennegrecida, que se santiguaba y chillaba llamándolo asesino. Los postigos de una ventana golpearon por encima de su cabeza y otras mujeres, desmelenadas y procaces, se asomaron a las puertas y empezaron a vocear. Él también gritó cuanto pudo pidiendo socorro y que alguien llamara a una ambulancia.

Jamás llegó a ver a la joven tendida en una mesa de operaciones de la sala de emergencias. Estaba como aturdido y alguien debió de tomarla de sus brazos para depositarla en la camilla. Al separarse de aquel cuerpecillo teñido de rojo, como el capote de Caperucita, sintió que su jadear quedaba prendido en tibio contacto con la muerte.

Un pánico denso se le metió en el cuerpo y pensó que quizá alguien, algún allegado a la niña querría tronarlo o deseaba dejarlo seco, bruscamente seco, de una cuchillada. Y así, con un frío temblor a cuestas, con las palabras ahogadas en la tripa, se entregó a los agentes de policía.

Pensó que al salir del cuartel para ser conducido a la prisión, un remolino de voces lo esperaría a la puerta. Y así fue. Pero la pareja de guardias lo metió en la furgoneta rápidamente y marcharon sin dilación.

Ocultándose los ojos con sus manos manchadas llegó a la cárcel. En la tiniebla del pequeño calabozo, el increpante vocerío se le había metido dentro y lejos de alejarse de él parecía rodearlo, estrechándole el cerco. Aquella noche entró en un laberinto de sueños dolientes, sombras suplicantes, y se torturó pensando que, de entre el espeso rumor, un alguien gigantesco e iracundo, un hombre de manos sarmentosas o una mujer de ojos enrojecidos y pañuelo en la cabeza, venía hacia él, se le acercaba amenazadoramente.

No hubo día que no estuviera marcado por la angustia. Pasaba el tiempo con la mirada perdida, sin poder desasirse de la imagen de aquella casi niña ensartada y roja. Su sentimiento de culpabilidad y de pena crecía segundo tras segundo. En cualquier punto de la celda parecían reproducir su insistente mirada aquellos ojos ingenuos y atónitos, desmesuradamente abiertos.

Cuando su mujer vino a verlo a la hora de visita se enteró de que la joven era hija de *El Jilguero*. Quedó lívido y no pudo reaccionar ante aquella oscura noticia. Tuvo miedo de que ella notase el intenso temor que le dilataba las venas de la sien. La miró intensamente, y se preguntó si ella sabía si *El Jilguero* había jurado matar al responsable de la muerte de su hija, pero se quedó callado. No se encontraba con ánimo suficiente para preguntárselo.

Para combatir el miedo que le empezó a anidar se dijo que *El Jilguero* no sabía realmente su nombre. Solía llamarlo por su apodo: *Miramonte*; sin embargo, no le sirvieron de consuelo estas consideraciones.

Recordaba perfectamente a *El Jilguero*, un individuo alto y mal encarado, camorrero y de malas pulgas, que siempre llevaba una navaja en el bolsillo. Antes de conseguir su empleo en la compañía dedicada al transporte de frutas había trabajado para una empresa constructora que lo utilizó en el acarreo de materiales de fabricación. Iba con frecuencia a las canteras y, entre todos los peones que trabajaban en el terreno, era precisamente con *El Jilguero* con quien había trabado más amistad, tal vez por una abierta simpatía que emanaba de su persona. Habían charlado y habían fumado algún cigarrillo cuando el camión estaba cargando, y luego se habían encontrado varias veces en el popular «Bar La Bombilla» donde los camioneros solían confraternizar entre cervezas, palabrotas y blasfemias.

Su mujer lo visitaba a diario y aquel día cuando terminaba el plazo concedido para la visita sintió que su miedo se había hecho más profundo. A través de la tela metálica que los separaba en el locutorio, le dijo, sin poder aguantarse más:

—Si *El Jilguero* se enterase de que estoy en la cárcel y preguntara por mí ..., si preguntase alguien por qué estoy aquí, que digan que estoy en prisión por robo, o por cualquier otra cosa ..., no sé ...

Su mujer trató de calmarlo y le aseguró que no debía preocuparse, que había sido un triste accidente y que todo se aclararía. No obstante, regresó a la celda tundido de pavor y deseando que los de la compañía de seguros lo sacasen de allí para poder huir y perderse.

Tal vez su mujer tenía razón y más pronto de lo que esperaba, mientras se investigaba el incidente, lo pusieron en libertad bajo fianza. De momento, le retiraron el carnet de conducir pero el jefe del almacén, falto de personal, lo incorporó nuevamente al servicio de distribución viajando por toda la provincia, ahora como ayudante de chófer.

II

El camión que conducían iba cargado hasta arriba de plátanos, en ruta hacia la capital provinciana. Era su primer viaje después de la salida de la cárcel. Trató de eludir aquel servicio y cambiar de itinerario, ya que tendrían que pasar por el pueblo de marras, pero el jefe no se lo permitió.

Al subir al camión, se dijo a guisa de consuelo, que debía vencer a toda costa su cobardía porque, después de todo el mundo era pequeño y algún día, antes o después, tendría que toparse con *El Jilguero*, y, como decía su mujer, los malos tragos ... cuanto antes, mejor. Su oficio estaba en la carretera, se repetía con frecuencia. Y se acordó de algo que había aprendido cuando niño de su difunta madre, la que había sido siempre un pilar de consuelo y serenidad: «Todo es peor de pensar que de pasar».

Pero ahora, a medida que el vehículo iba ganando kilómetros, a la vez que se adentraban por el lomo pardo de la carretera, notaba ensombrecerse sus pensamientos y menguarse sus palabras. El palique nimio y trivial de su compañero no había podido borrar el gesto de preocupación y de profunda inquietud que lo invadía.

El pueblo fatídico en donde había ocurrido «aquello», donde vivía *El Jilguero* y su familia, se le acercaba. Allí, de seguro se lo tropezaría en cuanto su compañero el chófer lo invitara a tomar un café en el «Bar La Bombilla», asidua parada de camioneros. Lo sentía más próximo de lo que en realidad estaba. La amarga obsesión se le vino a la cabeza y le pareció que envejecía diez años por cada minuto que pasaba. Quizá el apretado airecillo fresco de las tierras que circundaban la carretera lo hizo temblar aunque lo notaba refrescándole los aladares.

Por un momento, al absorber una bocanada de humo del cigarrillo, deseó decirle a su compañero que frenase, que se detuviera allí mismo en medio de la carretera. Abriría la portezuela y se echaría a andar por los caminos, a correr por senderos interminables, sin rumbo, absorbiendo todos los rumores de aquellas sendas tan deliciosamente solitarias, hasta agotarse y quedar dormido sin pensar en nada, aromado por las flores silvestres sobre el blando tapiz de la pradera.

Pero, de pronto, se sorprendía a sí mismo mirando temerosamente al conductor y como respondiendo a una superior reconvención, casi avergonzado de haber tenido aquel medroso pensamiento.

Empalmaba un cigarrillo con otro. Al advertirlo su compañero aprovechó la coyuntura para reanudar un diálogo kilómetros atrás desvanecido.

—Fumando de esa manera acabarás con tus pulmones, macho —dijo sonriéndole de soslayo.

Él también sonrió, pero sin volverle el rostro, dejando que su mirada se tendiese a lo largo de la cinta plateada que el camión iba devorando. Quiso esforzarse en decirle algo, pero sus palabras permanecían ahogadas. Ahora, peligrosamente cerca del pueblo, a la vista de las agujas de la iglesia, notó como si un algo le estuviera golpeando el pecho aceleradamente.

Entraron por el dédalo de callejuelas, a la hora punta del tráfico interurbano, maniobrando por aquellos pasadizos estrechos apenas justos para un doce toneladas. Luego pasaron a una calzada algo más ancha y se detuvieron ante el «Bar La Bombilla», como se lo había vaticinado el corazón. Si pudiera describir sus emociones diría que se sentía en un torbellino que lo hundía y lo sacaba a flote, lanzándolo hacia delante y hacia atrás.

Mientras metía el pie al freno suavemente, su compañero dijo:

—¿Qué? ¿Tomamos un café?

No le respondió. En cuanto regrese del viaje, se repitió un par de veces, dejaré para siempre este maldito oficio de camionero. ¡Buscaré otra cosa!

Saltaron a tierra y él se entretuvo en examinar los neumáticos, dando tiempo para aplazar su entrada en el local. Su compañero ya estaba en la puerta del bar.

—¿Va bien el de la izquierda? —le preguntó. Le respondió afirmativamente con la cabeza.

Del interior del bar surgió el sonido de la gastada compañía de la música de siempre.

—La media —oyó decir a su compañero—. Llevamos retraso ...

Abandonó el repaso del camión y se dirigió al bar. Su compañero ya había entrado y estaba pidiendo un café doble al hombre del mostrador.

Hay ocasiones en que a uno los nervios se le desmandan, pensó, y entonces tiene uno que recurrir a recordarse a sí mismo que es hombre.

Del pequeño grupo de obreros agrupados en un extremo del mostrador divisó a *El Jilguero*, con sus ojos grandes y su cara sombría y pálida. El reconocimiento fue mutuo y el otro se apartó del grupo para venir hacia él. Lo imaginó con las manos pecosas, navegadas de venas gordas y muy azules, sepultadas en los bolsillos, con la mirada fría y un algo vagamente amenazador en las pupilas.

Una fuerza superior lo movió a sonreír.

Se sorprendió ya que *El Jilguero* se le acercó con la boca ensanchada, como si le sonriera también, aunque tal vez fuera una mueca y no realmente una sonrisa surcándole la espesura de la barba. Hacía tiempo que no lo veía y lo noté visiblemente envejecido y apagado. La cara cansada y demacrada con bolsas bajo los ojos que parecían recientes.

No creyó que su rostro reflejara la pavura invisible que le anidaba soterraña en el pecho. Al estrechar la mano callosa de *El Jilguero* sintió como un calorcillo extraño que acrecentó su turbación. Como si por ahí fuese a empezar la cosa ... Tuvo la impresión de que había prolongado el apretón de manos, de que había retenido la suya demasiado tiempo, y le pareció que esa barba crecida de días le pigmentaba de azul la cara del mismo modo que a *El Chulo* su vecino de celda mientras estuvo detenido, un matachín que había asestado doce cuchilladas a alguien que se le había atravesado en el camino al parecer sin ningún motivo.

Esperaba oír una voz turbia sacudiendo las palabras en una corriente furiosa, como sacude un río sus veriles cuando le tiembla la corriente. Sin embargo, el tono de la voz de *El Jilguero* le pareció normal, sin la menor alteración, como el que le había oído siempre: el mismo que empleaba ahora al preguntarle por su vida.

Él se limitaba a responderle con monosílabos, porque apenas le brotaban las palabras del cuerpo.

El Jilguero pidió al del mostrador que les sirviera y, mirándolo, le preguntó:

—¿Ron?

El camionero aceptó como un autómata; pero, al instante, se arrepintió. El temor a que le temblara la mano al recoger la copa lo atemorizó. Pensó que bien podía haberle puesto cualquier excusa para rechazar su invitación y que pudo haberle dicho, por ejemplo, que su compañero lo estaba esperando, pero no lo hizo. Algo lo retenía, como magnetizado junto a él.

Esta situación de incertidumbre sofocante y de absurda espera le proporcionó el furioso deseo de salir de ella, de dejar aquel sitio lo antes posible.

—¿Y la familia? —Le preguntó por decir algo, casi sin saber lo que decía, dejando pasar el esputo de una voz que no era suya.

Sin esperar respuesta y sin mirarlo, bebió el ron de un sorbo.

—Bien —dijo *El Jilguero.* Había una expresión reservada en su rostro.

Notó que lo miraba por el espejo del mostrador.

—Y el mayor ¿te ayuda?

—No hay otro remedio —le contestó.

Su compañero, el chófer, había terminado con el café y estaba pagando. Lo miraba como diciéndole «cuando quieras, que se hace tarde».

Sintió apremiante necesidad de apagar las palabras que aún le quemaban el cuerpo, unas palabras que pronunciaría ahora o jamás, y así le dijo:

—*Jilguero*, tu chica ... —con un gesto de la mano no le dejó acabar la frase. Tal vez sintiera una oleada de dolor o quien sabe ...

—La mató un camión —dijo de pronto.

No supo que decir. Los grandes ojos de *El Jilguero* lo miraron fijamente, brillando con una luz parda y derrotada. El camionero le apretó el brazo cariñosamente como para consolarlo, pero fue él entonces el que le apretó con presión el suyo.

—Ponga otra copa —dijo al del mostrador.

Uno de sus amigos se volvió hacia él y le dijo algo que no se pudo entender pero *El Jilguero* no se dio por avisado.

Volvió a vaciar su copa como la de antes: de un trago. Tocó en el hombro a su compañero, el chófer, y le dijo:

—Vámonos.

Pero aún, por unos instantes, se quedó plantado. Con la conciencia más tranquila, pero deseando marcharse, le puso de nuevo una mano sobre el brazo.

—Lo siento, *Jilguero*.

El Jilguero se quedó silencioso, como si no tuviera nada que decir. Pero, al tiempo que el camionero giraba para salir, exclamó:

—Hasta la visa, *Miramonte*, y recuerda ... cuidado con el camión.

EL CUCHILLO

Mientras ayudaba a su mujer con la limpieza general de la casa se encontró con un cuchillo debajo del refrigerador. Era un duchillo ordinario de mesa que habían perdido años antes y había quedado olvidado desde entonces. Se lo mostró a su mujer y ella le preguntó curiosa que dónde lo había encontrado. Después lo puso sobre la mesa y pasó a la siguiente habitación para continuar su labor. Él, mientras seguía limpiando el suelo de la cocina, se acordó de algo que ocurrió dos o tres años antes, y que explicaría cómo el cuchillo había quedado inaccesible debajo del refrigerador.

Aquella noche habían comido ampliamente y bebido toda una botella de Chianti. Sin quitar la mesa apagaron las luces, y con los ojos chispeantes se desnudaron y apresuradamente se metieron en cama. No faltó mucho para que, frenéticos más que apasionados, comenzaran a hacer el amor. Pero algo ocurrió: un cruce de palabras ocasionales sin elocuencia ni vitalidad se tradujo en un mal entendido, y se enfrascaron en una discusión acaloradísima. De sentimientos seguros y luminosos en su relación, no habían experimentado una situación así anteriormente. En aquel momento los dos llegaron a estar extremadamente enojados. Se dijeron un torrente de palabras, de cosas hirientes. Finalmente, ella lo echó casi a patadas de la cama. Él, furioso, se fue a la cocina. Estaba contrariado en extremo; no sabía que hacer. Una inquietud sombría lo abrumaba. Se sentó a la mesa en frente de los platos sucios de la cena y enfurecido, en la semiclaridad de la estancia, de un fuerte manotazo, hizo rodar cuanto había en la mesa al enlosado. El ruido fue tremendo. Todo quedó estático por unos segundos y de repente se sintió triste. Pensó que había hecho trizas la vajilla y empezó a llorar. Y fue a la vez un llanto de arrepentimiento y de culpa. En eso entró su mujer y le preguntó si estaba bien. Él, a media voz, le dijo que sí. Ella entonces encendió la luz y contempló el suelo de la cocina. En realidad tan sólo una copa y un plato estaban rotos pero el piso era un verdadero desastre. La conturbadora pareja se miró con ojos redentores y se echó a reír. Luego se fueron de vuelta a la cama y con el ímpetu jubiloso de antes continuaron haciendo el amor. A la mañana siguiente limpiaron el sitio del desastre pero obviamente pasaron por alto el cuchillo, el que quedó olvidado debajo del refrigerador.

Estaba al punto de llamar a su mujer y preguntarle si recordaba este incidente cuando ella entró de súbito en la cocina, miró a su marido y como movida por un resorte, sin decir una palabra, cogió el cuchillo que había puesto sobre la mesa y lo metió de nuevo debajo del refrigerador. En sus labios, estremecidos por la evocación, se dibujaba una amplia sonrisa.

PARA SOÑAR CON LOS ANGELITOS

Esta noche también se van. Últimamente lo están haciendo con más frecuencia. Se estuvo pintando las uñas desde que vine de la escuela ... y no me ayudó a hacer la tarea. La división no la hice ..., pero le dije que sí. ¡Anda, que se fastidie! ... Ya le han traído el vestido nuevo ... Lo vi encima de la cama. Luego todo el tiempo hablando por teléfono. Y para merendar, solo pan y queso blanco ..., no había chocolate, que me gusta tanto. Y como tiene que salir por la noche, no compró pan fresco. El pan estaba muy duro y seco y, además, me duele la muela que tengo picada cuando masco mucho ... Lo último lo escupí debajo del aparador. ¡Así no lo verán hasta cuando venga la Panchita a hacer limpieza general.

—Socorrito, ¿has hecho la tarea?

—Sí, mamá; ya te lo he dicho antes. Pero no me has ayudado. ¡Si luego están mal, tú tienes la culpa, y no me regañes el lunes si no tengo buenas notas esta semana!

—No puedo ayudarte, cariño; tengo que salir esta noche. Cuando venga tu padre se lo voy a decir; que no quieres hacer la tarea si yo no te ayudo. Ya sabes que papá no quiere eso. Dice que tienes que hacerlo tú sola. Aunque no estén bien. Si te lo hago yo nunca aprenderás ... ¡Y no puedo con tantas cosas!

—¡Pero si ya te he dicho que la he hecho, mamá. (La división no me da la gana) ...¡Anda, déjame poner la tele!

—Sí; anda, ponla un ratico. Pero en cuanto los llame a comer, nada de esperar un poco más. Tu papá viene hoy temprano, porque ya te he dicho que tenemos que salir …Mira a ver que hacen Juanelo y Joseito.

—Están jugando con los tacos esos, mamá; pero Juanelo ya rompió uno con el martillo …, le quería clavar un clavo.

—¡Ay, qué niños! Anda, linda, quítale el martillo y quédate con ellos, que les voy a preparar la comida.

—Sí, pero cuando sales por la noche yo no me puedo dormir. ¡Tengo miedo a quedarme sola!

—¡Pero, no seas tonta! Además, no te quedas sola; te quedas con tus hermanitos. Y sí que te duermes porque te doy la pastillita y te pones a soñar con los angelitos.

—Mamá, ¿por qué salen ustedes por la noche? ¿Por qué no me llevas contigo al cine?

—Pues porque por la noche, los niños tienen que dormir, para ir al colegio por la mañana, sin sueño. Y no vamos al cine, cariño, sino a visitar a un matrimonio amigo; los papás de Niki, tu amiguita ... ¡Anda, anda!, ponte a mirar la tele o vete a jugar con la computadora y déjame en paz. En cuanto se me sequen las uñas les prepararé la comida.

—¡Mamá!

—¡Ay qué niña más pesada! ¿Qué … ?

—Cuando me das la pastillita con la comida, luego tardo mucho en dormirme y me da mucho miedo.

—¡Pues te la doy ahora y así te duermes antes!

—¡Mamá!

—¿Qué quieres ahora?

—¿Por qué no le dices a la Panchita que se quede con nosotros por la noche cuando ustedes salen?

—Porque Pancha no puede quedarse. Tiene que irse a su casa. También tiene niños y tiene que cuidarlos. Además, ya te he dicho que no la llames «la Panchita». Se llama Pancha y así hay que llamarla.

(¡Ay, Dios mío! ¡Qué niña! Ojalá encontrase una muchacha que durmiese aquí. ¡Pero ni siquiera tengo sitio para que duerma una, nadie! ... Aunque la encontrase, que no la encuentro ..., no hay ninguna que quiera quedarse por la noche.)

—¡Anda, Socorrito, no seas pesada! Vete al comedor con tus hermanos y no me des más lata.

—¡Mamá! Me has dicho que me darías la pastillita antes y que así me dormiré más pronto.

—¡Sí, sí! Ahora te la doy ¡Pero espera un momento que se me seque el esmalte!

(Suena el teléfono).

—¡Mamá, el teléfono!

—¡Ay! ¡Ahora el teléfono! ... Toma la llamada, linda.

—¿Diga?

—

—Sí, un momento. ¡Mamá! Quieren hablar con Purita.

—Purita, aquí.

—

—Ay, Marucha, ¿qué tal?

—

—Los niños jugando. Sí, no se apresuran a crecer.

—

—Mira, mujer, no te preocupes. Iremos pronto y te ayudaré.

—

—El nuevo, esta tarde me lo han traído.

—

—Sí, es un sueño. ¡Ya lo verás!

—

—En cuanto les de la comida y los acueste.

—

—No, Domingo todavía no ha venido, pero él se arregla en un momento.

—

—¡Sí, sí!; una de whisky y otra de ginebra.

—

—No te preocupes. ¡Adiosito!

—¡Mamá!

—¡¡Qué!! ... ¡te voy a castigar; no me dejas ni un minuto tranquila! ¿Qué quieres ahora?

—Dame la pastillita que me has prometido.

Purita fue hasta el baño y comprobó que el esmalte de las uñas estaba seco, abrió el botiquín, sacó el frasco y lo abrió con los dedos muy tiesos, cuidando de que aquellas no rozasen con nada. No obstante tantas precauciones, al quitar la tapa, unos cuantos comprimidos, muy pequeños, saltaron al aire y rodaron por el suelo.

—¡Ay! ... ¿Ves lo que pasa por tus caprichos? ¡Anda, recógelas, que cuestan dinero, y no quiero que tus hermanos se crean que son caramelos o algo por el estilo y nos den un susto.

Socorrito se puso a cuatro patas y recogió dos o tres, entregándoselas a su madre.

—¡Se han caído más; mira debajo del cesto de la ropa sucia! Hay que recogerlas todas. Me voy a la cocina; tómate una y dame las demás para ponerlas en el frasco; es una medicina muy potente y no quiero que estén regadas por ahí.

La niña volvió a arrodillarse y se encontró algunas más que habían pasado desapercibidas en la blancura exasperada de las baldosas.

—¡Mamá!

—¿Es qué me persigues? ¿No ves que les estoy preparando la comida? Un día te voy a dar una tunda.

Y Socorrito alargó la mano ardorosa con el puñado de pastillas.

—Bueno, linda, ponlas tú misma en el frasquito que he dejado sobre el lavabo. Ya después lo guardaré alto en el botiquín.

Socorrito desapareció de la cocina. En la soledad del baño vio el frasco sobre el lavabo. De su mano apretada, que fue abriendo poco a poco fueron desprendiéndose los comprimidos; pero con dificultad. Se le pegaban a la piel y también unos contra otros. Los había tenido demasiado tiempo apretados en un pequeño puño.

Cuando se desprendió del último, la chiquilla se quedó un rato contemplando los pequeños discos blancos. Parecían confetis pero más gorditos, pensó.

En el comedor se oía a sus hermanos jugando ruidosamente con los famosos tacos de madera. De vez en cuando el edificio que hubieran hecho se caía y los tarugos resonaban en las baldosas.

De repente recogió las pastillas otra vez anidándolas en su puño cerrado y como una sombra, sin hacer ruido, se fue a su cuarto. Con mucho cuidado puso los comprimidos debajo de la almohada. Luego buscó la cartera del colegio. Era una cartera nueva, azul, con una correa que se podía poner en bandolera o, abrochándola de otra manera en la espalda, como una mochila. Su papá quería que se la pusiese siempre en la espalda porque decía que así iban los niños más derechos. Pero a ella le gustaba más a un lado, porque se la podía quitar más de prisa y juntarse con ella con las otras niñas, cogiéndola por la correa. Y la tenía escondida para que sus hermanos, más pequeños que ella, que siempre estaban husmeando en sus cosas, no le quitasen las gomas, los lápices y le saquearan sus demás tesoros.

Esta vez estaba bien guardada entre la cabecera de su camita y la pared. Había descubierto que aquel era un escondite perfecto, aunque costaba un poco de trabajo meterla. Cuando llegaba del colegio, sacaba las cosas que necesitaba para hacer sus deberes, y en cuanto se quedaba sola, la escondía.

Tiró un poco de la cabecera de la cama, metió mano detrás y sacó la cartera, algo manchada por el polvo y la pelusa que se acumulaban allí entre limpieza y limpieza. Como decía su mamá, no era posible tener la casa limpia con sólo la muchacha, quien, además, dejaba de ir cuando se le antojaba.

Sacudió la cartera para quitarle el polvo, la abrió y de sus profundidades, como seducida por un tentador enigma, sacó una cajita redonda de plástico que bien podía haber sido antes recipiente de tachuelas o sujetapapeles.

Se quedó quieta, aguzando el oído. Sus hermanos hacían ahora menos barullo en el comedor; lo que sí oía era el ruido de los platos del trajín de su madre en la cocina. Seguramente los estaba poniendo en la mesa, donde, allí mismo, les daba de comer.

De puntillas, lenta y sonámbula, se fue hasta la puerta y, poco a poco, la cerró.

Entonces, sobre el cubrecama, abrió la cajita, recogió las pastillas que había dejado debajo de la almohada y, una a una, contándolas, las puso dentro.

—… dieciséis, diecisiete, dieciocho … Ya tenía antes veintisiete … , las que no me he tomado …, algunas me las he sacado de la boca, aunque luego las he tenido que dejar secar … Y con estas dieciocho son …, no lo sé. Ahora sacaré la cuenta.

Cerró la tapa y volvió a meter la cajita —aquel atesorado escriño— en la cartera y puso ésta en su escondite. Alisó el cubrecama y se miró en el espejo sobre el pequeño armario como para encontrarse. Luego, con aire de misterio y de puntillas otra vez, se fue hasta la puerta. La abrió con cuidado y se plantó en la cocina.

—¡Mamá!

—¡Ya va, ya va! Enseguida está la comida así que venir volando.

—Mamá, ¿cuántos son veintisiete y dieciocho?

—No sé, hija mía …, saca tu la cuenta. ¿No sabes hacer esa suma tan simple? … Anda, escribe los números y súmalos … ¿No me has dicho que ya habías hecho la tarea? … ¡Mira que preguntar eso tan sencillo!

Sin decir nada Socorrito se fue al comedor. Urdía con inquietud el hilo de sus deducciones. Sus hermanos seguían jugando en el suelo, y debajo de la mesa habían montado un reducto inexpugnable con varias sillas haciendo de parapeto.

—Juanelo, préstame tu bolígrafo.

—No quiero … coge el tuyo, que para eso lo tienes.

—Lo tengo guardado, y es sólo un momento. Préstamelo o si no voy a decirle a mamá lo que están haciendo con las sillas.

—Bueno …; cógelo de mi cartera. Allí está.

Lo cogió.

—¡Este boli está asqueroso! Tiene hasta chicle pegado.

Su hermano no le hizo caso. Estaba muy ocupado, metiéndose en el reducto por debajo de una silla.

En un cuaderno de Juanelo se puso a escribir.

—Cuando vea que he escrito aquí se pondrá furioso. ¡Qué se fastidie!. Es un cochino ... Diecisiete ..., no, dieciocho, arriba ...; veintisiete abajo ..., una raya. Ocho y siete ..., quince. Me llevo una. Una y una, dos ..., y dos, cuatro. Cuatro. Son cuarenta y cinco.

—¡Niños! ..., a comer. ¡Volando, que me tengo que vestir! ... ¡Aprisa! Pero, ¿qué es esto? ... ¡Qué horror! ..., ¡los voy a castigar! ¡Un día les voy a dar una somanta morrocotuda, como decía mi abuela!

Y empezó a levantar sillas y a repartir algún que otro pescozón.

Hubo sustos y carreras.

—¡Vamos, dejen de moquitear! ¡A lavarse las manos ..., a comer y a la cama!

Ya se han ido. Y se creyeron que estaba dormida. Mamá dijo: ¡estas pastillas son una maravilla! ... Cuando quiero, cierro los ojos y respiro fuerte, y se creen que estoy dormida. Pero estoy despierta. Y no tengo miedo, porque ya he ido a ver si la puerta de la escalera está bien cerrada y dejé la luz encendida ... Pero me da mucha rabia que salgan por la noche y nos dejen solos. Si tuvieran sueño no saldrían. Pero nunca tienen sueño ... ¡Como son mayores! ... Pero si Joseito se despierta como pasó el otro día y se pone a llorar. Yo no sé qué hacer para que se calle ... y cada vez chilla más ..., menos mal que le di un chicle bomba que tenía guardado y se calló ... Y todavía, cuando llegaron, mamá me regañó al otro día porque había dejado todas las luces encendidas, y menos mal que no se dio cuenta de que había estado viendo la tele hasta bien tarde

… Ya verán cuando reúna más … Papá decía hoy que tenía sueño y que no tenía ganas de ir a ninguna parte …, pero mamá nunca tiene sueño y quiere siempre salir por la noche … Si tomaran treinta pastillas tendrían sueño treinta noches …en un mes entero no saldrían por la noche.

«Pero Marucha, tú que eras tan amiga de Purita, ¿no tienes ni idea de lo que les pasaba a ella y a Domingo?»

«En absoluto … No puedo entenderlo … ¡es horrible! La última vez que los vi fue en casa; tuvimos una fiestecita. Los dos nos parecieron a todos felices y contentos. Nadie sabe que tuviesen el menor problema. Él, bien colocado y progresando rápidamente. Y ella siempre tan animada y pendiente de sus hijos … ¡pobres niños! … Menos mal que tienen a los abuelos. Los pobres viejos están destrozados. Y suicidarse de ese modo … dejando a sus hijos abandonados cuando más los necesitan. Y sin la menor explicación … ¿Sabes?, lo arreglaron todo como si hubiera sido un accidente, tal vez por el escándalo, el entierro y … , en fin, por todo.»

«Oye, ¿y no pudo haber sido de verdad un accidente? ¿Qué se tomaran lo que fuera por equivocación?»

«No, no; de ninguna manera. La policía, los médicos y todo el mundo están de acuerdo en que se tomaron lo menos treinta pastillas cada uno … parece ser que en una sopa de tomate, de la que los niños ni probaban porque no les gustaba».

AMORES PERROS

I

Entre Fernando y Tania el resentimiento empezó con un juego verbal seguido de frases hirientes y llevaba el camino de terminar sin palabras. No obstante en muchas ocasiones la inmensidad del amor surge con gran fuerza cuando los amantes se abandonan al silencio. Tres años de relaciones que parecían agonizar. Sin embargo habían hablado mucho, no se habían ocultado nada. Habían analizado sus disputas, criticado sus temperamentos y sacado conclusiones. Una, por lo menos; ambos eran inteligentes y las personas inteligentes son lúcidas, las personas inteligentes todo lo entienden, las personas inteligentes pueden sufrir porque saben por qué sufren, las personas inteligentes comprenden que la desilusión sigue al amor como la muerte sigue a la vida, y que tanto la una como la otra son inevitables.

Se habían habituado a las frecuentes escenas domésticas y cualquiera diría que en ciertos momentos una separación parecía ineludible. Si sería inmediata o si resultaría postergada, no lo sabía ninguno de los dos. Desde hacía tiempo el cielo se mantenía encapotado y quien sabe cuando la tormenta podría desatarse.

No muy lejanos estaban los días en que se conocieron en la casita que Fernando alquilaba en un rincón abrigado de aquel bosquecillo hacia las afueras de la ciudad. Era una estructura de madera de dos plantas, de puntal bajo, cálida y confortable, con ventanas estrechas y rodeada de un enorme terreno donde árboles, plantas y enredaderas crecían unidos, como en una gran orquesta. Sus amigos decían: «Es la casa de Blanca Nieves habitada por el lobo de Caperucita Roja.» Pero no se referían a su perro Sultán —siempre a su lado, con la carlanca erizada en el cuello y la lengua fuera—, sino al lobo Fernando, lobo que, es preciso decirlo, no llevaba una vida de perros. Era el perro Sultán quien llevaba una vida de hombre, hasta el punto de aceptar o rechazar a las caperucitas rojas que su amo devoraba al caer la noche. Raras eran las caperucitas que regresaban a la casa del bosque. Fernando las devoraba de un bocado, nunca de dos. En cuanto al perro Sultán, acostado con excesiva fidelidad a los pies de la cama, gruñía durante la cena de su amo y mostraba los colmillos a las visitantes, quienes hubieran preferido quedarse a pasar la noche entera en la casa del bosque. Por esa razón, generalmente, Fernando las despedía antes de la medianoche. Se había dicho: «el día en que Sultán no gruña me quedo con la chica toda la noche.» Y fue así como Fernando se quedó con Tania. La había desvestido en presencia de Sultán, acariciado y poseído delante de él. El perro, acurrucado a los pies de la cama, con el hocico metido dentro de las patas, no gruñó. Ni siquiera un ruido de dientes y mandíbulas. ¡Qué señal! Se lo dijo a Tania. Ella se sintió orgullosa.

—Tú eres la primera mujer aceptada por Sultán.

—¿Te parece que me haría el amor?

Él exhibió una sonrisita detrás de una expresión algo burlona ante aquella salida. Luego tuvo el suficiente coraje para decir con desenvoltura:

—Si quieres podemos probar. Aunque me siento algo aterrado por lo que podría ocurrirle a Sultán.

Ella llamó al perro. Sultán le pegó un ladrido, abrió un ojo, lo fijó en su amo y volvió a cerrarlo, luego se fue a meter en su cucha. Fernando en tono jocoso agregó:

—¡Mi perro es inocente!

—¿Nunca le has conseguido una perra?

—Sí, una vez le traje una.

—¿Y qué pasó?

—No pasó nada. La perra no quiso.

—Tal vez había sido mal querida antes.

Fernando se encogió de hombros. Ella se le acercó le acarició el rostro y comenzó a besarlo mordiéndole levemente los labios. Él la creyó una criatura excitante: rubia, esbelta, de caderas estrechas, senos provocantes, una nariz recta que prolongaba la línea de la frente, mejillas altas y la sonrisa llena de inquietudes. Una Circe ávida de una caverna de placeres imprevistos. Olía tentadoramente a azucena. Fernando respiró su garganta y fue como una especie de envenenamiento licencioso, que se pierde en tentaciones exageradas al contacto de aquella mujer deseada. Luego la llevó a la cama y se le echó encima. Estaban desnudos y los dos cuerpos anhelaban ansiosos la entrega.

—Me gustaría que me mordieras al mismo tiempo con esos dientes perrunos tuyos—le dijo ella con una sonrisa cómplice.

Él no dijo nada y la comenzó a morder a la vez que le hacía el amor. Las horas pasaron ligeras y por la mañana Tania estaba cubierta de mordiscones, pero abierta nuevamente para el amor. Fernando se levantó, se disculpó por un momento y bajó con Sultán. Era la hora del paseo pero esta vez el perro lo haría solo. Por su culpa, además, esa chica se había quedado.

—Ah, viejo amigo, ¿por qué no gruñiste? También a ti te gusta ¿no? ¿La tomarías como amante? La tomarías, ¿verdad?

Murmuraba mientras acariciaba a Sultán, pero el perro rezongaba exigiendo el paseo. Fernando abrió la puerta y el perro se largó fuera mientras él se dirigió otra vez a la cama donde lo aguardaba la abierta lujuria de Tania como si fuera una perra en celo en la agradable tibieza de su cucha. Media hora después, Sultán ladraba ante la puerta.

—¿Caramba! ¡Qué voz tan rara! —dijo Fernando, algo intranquilo. Quería levantarse pero ella se lo impidió.

—Quédate. Pícame otra vez, anda —le dijo con voz melosa.

Y volvieron a unirse nuevamente en el espasmo de un frenesí apabullante. Él acostumbraba permanecer dentro de ella pero esta vez se retiro una vez consumado el coito. El placer no duró mucho: Fernando se sentía inquieto por los ladridos lastimeros de Sultán.

—Ya te has hartado —le dijo ella.

Él se separó de sus brazos y bajó para dejar entrar a Sultán mientras Tania encendía un *joint* meticulosamente liado. El perro yacía ante la puerta con dos agujeros rojos en el pecho. La sangre había dejado de correr. Formaba un charco bajo el perro exangüe. Fernando lloraba como un chiquillo. ¿Quién pudiera haber hecho una cosa semejante? El sufrimiento hacía de aquel hombre, alto y atlético, un ser impotente, incapaz de tomar una decisión. Tania alzó en brazos a Sultán y lo depositó, blando y sanguinolento, en el asiento posterior de su coche. Se vistieron rápidamente con lo indispensable, atravesaron el pueblo como una tromba y se detuvieron delante de una clínica veterinaria que Fernando conocía. Tania cargó a Sultán en sus brazos. El perro estaba rígido, frío, fallecido como dicen los comunicados durante su traslado a la clínica. El veterinario practicó la autopsia y encontró una tercera bala calibre 22, alojada en los riñones.

—¿Van a llevarse el cuerpo? —les preguntó.

Fernando no sabía que responder. Aún estaba atónito. ¿Qué hacer, en efecto, con el cuerpo sin vida de un perro? A través de la cortina de sus lágrimas, parecía pedir socorro a Tania.

—¿Puede quedarse con él? —le preguntó Tania al hombre del delantal blanco.

—Claro que sí. Lo incineraremos.

—¿Incinerarlo? —murmuró Fernando.

—Si quieren llevarse las cenizas —dijo el practicante— vuelvan mañana por la mañana.

Fernando dijo que no con la cabeza.

—Les costará cincuenta pesos.

Tania le dio los cincuenta pesos y tomando a Fernando del brazo salieron de allí.

II

Así, tres años después de aquella noche del inicio de sus relaciones y de la muerte de Sultán, el acoplamiento entre ellos se había modificado. Llevaban un tiempo viviendo en la fricción, en la guerra a veces fría, a veces caliente. Había momentos en que la intransigencia y la irritabilidad llegaban a extremos: eran las miserables batallas de la convivencia.

Sin embargo nada hacía prever un naufragio inminente o lejano. Las cosas andaban unos días mejores que otros. Por el lado afectivo, siempre la guerra con sus batallas ganadas o perdidas, el prestigio deteriorado, los sentimientos remendados. Por el lado del sexo, tampoco había cambio, a veces la noche ardiente, a veces la noche helada. Una serie de noches cálidas seguidas por una serie de noches tibias, en las que Tania no se entregaba, en las que tampoco se negaba.

Permanecía en los brazos de Fernando como muerta, sin un grito, sin un espasmo. Durara lo que durara. Era imprevisible o variable. De pronto, cuando Fernando se preparaba a penetrar a la muerta una vez más, el cadáver resucitaba, pero él no había dicho ni hecho nada diferente. Luego venía, de repente, el tiempo de las noches calmas, apenas más tibias que el agua del baño de los bebés, un amor sin fiebre.

A Fernando se le abrasaba la imaginación con un vaho caliente de apetitos. Se bañaban juntos con frecuencia. Ella le frotaba el pecho, la espalma, el miembro y Fernando le restregaba la espalda, los senos, el vientre, los muslos. Un día el deseo centelleante se apoderó de él, le abrió las piernas y la comenzó a poseer. Ella protestó y Fernando abandonó de inmediato la empresa. Cada vez que creía humillarla, se sentía herido y desdichado. Estaba loco de amor y dispuesto a todo para conservarla.

Les gustaba caminar. Una tarde otoñal y alta en que iban silenciosos, paseando sus inquietudes, algo cohibidos en la urgente precisión de decir alguna cosa oportuna y grata, se adentraron por un bosquecillo de pinares, parte de un extenso parque urbano, absorbiendo el violento perfume de las hierbas y los matorrales.

Aquella tarde Fernando la sentía inquieta, ansiosa de algo indefinido. Bajo la música del pinar que resonaba como un arpa al soplo del viento, Tania le dijo:

—No creo que podría pasar un invierno más en la casa —. Quiso atenuar la frase subrayándola con una sonrisa, mirando vagamente lejos de sí.

Agudas, como agujas, sus palabras se clavaron en el alma de Fernando.

Habían dejado la casita del bosque y se habían mudado a la ciudad a una casa de piedra gris mucho más amplia, con una gran chimenea donde en invierno ardían los maderos con una llama anaranjada y densa. Estaban a principios de octubre. Fernando sacó la cuenta: «Pasar el invierno» significaba quedarse tres meses largos más con él. Le apretó el brazo, enternecido. No debió hacerlo. Ella era buena jugadora y siguió diciendo, mirándolo:

—Me fastidia la idea de abandonarte porque será difícil encontrar otro tipo más inteligente que tú.

—¡Quédate, entonces!

—No creo —le dijo, en voz cortante, como ladrando.

No se atrevieron a continuar la conversación, callaron, como agobiados de incertidumbre. Él le había apretado el brazo tiernamente, ella con ese «no creo», acababa de apretarle malamente el corazón

Los pájaros volaban picando los borden del tiempo, y el aire abarquillaba las hojas y las reducía en escorzos furentes, arrebatando muchas de ellas. Fernando pensó que tenía que resistir, ganar tiempo, inventar, ceder. Sabía que había en Tania una evidente disposición para la vida y quería mantenerla a su lado. Le había propuesto matrimonio varias veces pero ella había decidido desde que tuvo independencia no casarse. Era una mujer que él quería conservar a todo precio, en primer lugar porque la quería, la deseaba y también la necesitaba para preservarse a la vez de la soledad y del fracaso. Esa era su obsesión: la de encontrarse a solas con todos los desengaños y los errores que pesaban sobre sus hombros y reanudar con otra mujer aquello que no había logrado con las anteriores.

Tania tenía el sentido del dicho y de la réplica, un hambre canina por la libertad y también por la ternura. El bosque está hecho para pensar, así como las fábricas están hechas para trabajar, las vidrieras para callejear y los ríos para bañarse. Él esbozó una sonrisa calculando lo que iba a decir. De pronto se detuvo y aguzó el oído como tratando de distinguir la modulación de las frondas, el pulso inextricable de lo inerte. Fue entonces que oyó la voz de Sultán. Sí, eran los mismos ladridos, cortos y jadeantes.

—¿Oyes? —le dijo a Tania.

—¿Qué tengo que oír?

La voz era alta y distante más allá de los árboles.

—¡Un perro!

Al mismo tiempo a medida que avanzaban hacia la dirección de los ladridos éstos se hicieron más nítidos y apremiantes, como si el animal que los lanzaba supiera que ésa era su oportunidad.

—¡Tienes razón! ¡Lo oigo!

Los ladridos habían aumentado, impacientes, sobreexcitados ahora que se acercaban, a la altura de los hombres. Y aquellas quejas no reconocían fronteras, era un idioma universal que no necesitaba traducirse.

Ambos corrieron en dirección a los gañidos.

Se trataba de un perro ovejero alemán, gris y negro, que yacía en la maleza, húmedos los ojos, afilado el hocico ventor. Fernando se inclinó sobre el animal y éste lamió su mano como si le pidiera perdón o piedad. Perdón por ir a su encuentro, y piedad porque no podía correr detrás de él.

El perro había caído en una trampa para coyotes puesta ahí por alguien a quien tampoco le gustaban los perros, pensó Fernando. Era un enorme aro de hierro oxidado y dentado incrustado en su pata hasta triturar los huesos y la carne. A Fernando le dio mucho trabajo aflojar el tornillo de acero. Para evitar que el animal enloquecido de dolor lo mordiera, le puso su cinturón como bozal y después llevó al perro en brazos y lo metió en su coche. Fernando no se daba cuenta de la precisión de sus gestos, de su frialdad ante el acontecimiento. Tania se había quedado de una pieza. Apoyada contra un árbol miraba cómo el hombre salvaba al perro. En verdad estaba embelesada. Fernando, al acecho de Tania desde el principio de su relación, había visto todo lo que pasaba con ella aunque no todo lo comprendía. Pero ahora creía conocer la causa de esa actitud, de esa emoción; ahora le tocaba a él el turno de jugar una buena carta y no iba a repetir sus acciones durante la tragedia de Sultán.

Condujeron a toda marcha hasta una clínica veterinaria.

Ella apoyó la cabeza sobre su hombro y le dijo:

—¡Realmente, eres un tipo curioso!

Sin responderle, Fernando se volvió hacia el perro. Se sentía fuerte, muy fuerte, lo bastante fuerte en todo caso como para forjarse un porvenir.

—¿Y si te llamáramos Tizón? ¿Eh, Tizón? ¿Eh, mi querido Tizón?

—¿Tizón? ¿Por qué, Tizón? —preguntó ella con voz suave.

—Porque sí. Es una ocurrencia.

En la clínica dieron con un veterinario excepcional, quien desplegó el arsenal de la cirugía moderna: Coramina para el corazón, plasma, transfusión sanguínea. Una vez limpia la herida, mostró necrosis y un principio de gangrena.

—Creo que se hace necesaria una amputación — dijo el veterinario con voz grave.

—Por favor —dijo Tania— sálvele la pata.

—Si están dispuestos a hacerle dos curaciones diarias durante seis meses y traerme el perro una vez por semana, puedo intentarlo —dijo el veterinario.

—De acuerdo —dijo ella— se lo prometo.

Fernando la miró fijamente y le pareció que Tania se encontró a gusto en aquella mirada. Él disfrutó de lo que creyó una pequeña victoria pero no dejó traslucir nada. Ahora o nunca había que jugar el todo por el todo. Durante ocho meses cuidaron del perro y durante ocho meses, dos veces por día, Fernando lo llevaba en brazos desde la casa hasta el jardín y lo subía de la misma manera. Fernando se convirtió en una extensión de Tizón. Cada vez que lo nombraban el animal, atento, levantaba la cabeza y escuchaba con una comprensión grave y humilde, llena de honradez.

El perro no se atrevía a caminar en un principio. Veía trampas por todas partes. Apenas Fernando, agotado, lo depositaba en la vereda, se acurrucaba y se negaba obstinadamente a dar un paso. Además de las posibles trampas, cada paseante era un veterinario en potencia. Fernando necesitó utilizar tesoros de paciencia y de astucia y por fin Tizón fue curado de su herida y de sus fantasmas.

Tanía, quien también sabía jugar el todo por el todo como la que más, y encima sabía adivinar el juego del otro, prodigaba a Tizón caricias y mimos que Fernando sabía bien que en realidad eran para él. El perro le respondía agitando el rabo y llenándola de cariñosas babas.

Una noche, mientras se desnudaban y se metían en la cama, Tania le dijo:

—Tenemos otro perro—mientras lo contemplaba a través del ensoñador humo de un *joint*.

Los dos se miraron y esas miradas tenían el matiz ardiente del anhelo; un instante donde se trasmitieron mentalmente las mismas memorias cuajadas de sensaciones en tres años de convivencia.

—Si —respondió Fernando metiéndose en la cama—, la cucha ha estado vacía por mucho tiempo.

EL ALA OSCURA DEL RECUERDO

Cuando regresó de la clínica después de varios meses de estancia y abrió la puerta del jardín para volver a sentir súbitamente la fragancia de las flores que siempre lo adornaban como hortensias rosas y petunias que con tanto mimo solía cuidar su mamá y el jardinero japonés que la ayudaba pero detrás de la tapia el vergel estaba desierto ni siquiera una incierta fragancia a flores marchitas aquel sitio que siempre había gozado de una espléndida floración al igual no había encontrado a nadie en el rellano de escalera que conducía a la vivienda ni en el zaguán de entrada o el salón central no parecía haber un alma en toda la casa ¿es que después de tanto tiempo de ausencia nadie lo esperaba? no había imaginado que éste fuese el recibimiento que se le hiciera al contrario creyó que todos saldrían a verlo y abrazarlo y besarlo con su mamá llorando ¿es que no habían recibido su aviso diciendo que volvía? se arrepintió de no haber hecho entrar a la enfermera que lo acompañó hasta la casa y que su presencia hubiera logrado se disipara esa amargura y esa soledad que empezaban a invadirlo ese abandono sentido ahora en la casa y más aún antes en el jardín descuidado ¿estaba la casa desierta? ¿abrían salido a alguna parte?… no tardó en comprobar que estaba equivocado al entreabrir una de las puertas que daban al despacho y ver dentro de él a su papá charlando con Paulino sentados el uno frene al otro a ambos lados de la ancha mesa y discutiendo al parecer algún asunto de negocio y como si el corazón le diera un vuelco al contemplar esa escena que le era tan familiar con su papá y su secretario que era la única persona a su servicio que no vivía en casa salvo algunas noches que se quedaba a dormir por causa del excesivo trabajo o cuando su papá salía de viaje ya que era un hombre maduro al que había conocido desde pequeño y apreciado tanto como a cualquier otro miembro de su familia exceptuando a Alondra y recordaba muy bien aquel otro día en que volvió de la clínica por primera vez y no encontró a nadie sólo a su papá y a Paulino y como el primero ni lo abrazó y tan sólo le estrechó la mano con aire de disgusto pues siempre pareció avergonzarse de que estuviera tanto tiempo en una clínica y si lo oía hablar sabía que movía de un lado a otro la cabeza y si creía que no lo veía se llevaba un dedo a la sien y lo movía como si fuera un sacacorchos y como el segundo lo miró cariñosamente con aquella mirada tan humana que tenía y pronunció el diminutivo de su nombre lo abrazó con efusión y besó su cara a la que su papá miraba con enojo pero sin saber que él se sentía feliz ya que hubiera dado algo muy grande lo más grande que hubiera podido tener porque hubiera sido Paulino su padre pero llegó corriendo Alondra con sus verdes ojos grandes y húmedos que llevaban siempre una rara hondura misteriosa y como había previsto se arrojó a su cuello con embriagada exaltación y lo abrazó y besó repetidamente mientras sentía su cuerpo delgado pegado al de él y retorciéndose como el de una yegua encelada con su largo pelo lacio y sedoso y sus ojos y su sonrisa pues Alondra era la única persona en la casa que siempre reía y siempre estaba alegre la única que hablaba y obraba con sinceridad sin ningún fingimiento como un soplo de aire fresco en un ambiente viciado e irrespirable los dos juntos abrían la puerta de cristales que por la parte de atrás de la casa comunicaba con el jardín del fondo y pisando de puntillas para que los demás no los oyeran salían allí y mientras la fragancia de las flores cuidadas por su mamá y el hortelano los envolvía uno junto al otro y permanecían sentados o tumbados bajo los álamos horas y horas hablándose y confiándose sus secretos y proyectos y opinando sobre miles de cosas ya que sólo Alondra siendo mucho más joven que él lo escuchaba y sólo ella le hacía confidencias ... pero aunque le doliera seguía recordando aquel día de su primer regreso y como el resto de la servidumbre sólo se atrevió a darle la mano pues ninguno de ellos ni siquiera Josefa la vieja criada que lo vio nacer parecía estar a todo gusto a su lado y tenerle confianza y no sentir cierto temor ¿pero por qué le temían y qué pensaba iba a hacerles? se preguntaba y veía disimuladamente como Paulino y su mamá cruzaban una mirada y como ella bajaba la cabeza sonrojada para después acompañarlo hasta su habitación y sentarse junto a él en la cama y con un pañuelo enjugar unas lágrimas que había en sus mejillas y notó el nacimiento de sus arrugados pechos asomando por el escote de su bata su intenso perfume y cómo sus manos acariciaban su rostro ya seco y cómo su voz interrogaba sobre su estancia en la clínica y si se le había hecho largo todo ese tiempo y ahora era ella la que lloraba y él la abrazaba y le decía que estaba de regreso que se calmara porque le daba pena verla así aunque en realidad no la quería nunca la quiso como tampoco nunca quiso a su papá pues ninguno de los dos dejaban que estuviera a solas con Alondra y para poder verse tenían que esconderse de todos ellos además su mamá siempre tenía que estar diciéndole lo qué tenía que hacer y lo que debía y no debía contar a los demás cómo debía comportarse con los otros lo que tenía o no tenía que ponerse para vestir en ciertas ocasiones pero ella no sabía no sabía no sabía que todo lo que le decía él se lo contaba a Alondra y que los dos se reían de buena gana de aquellas estúpidas advertencias ... pero ahora allí estaba ella quieta blanca y amortajada y más bella que nunca mientras él permanecía inmóvil contemplándola sin saber qué hacer ni qué decir pues Alondra fue siempre una criatura muy delicada y por eso cuando llegó el mal no pudo afrontarlo ni resistirlo por eso estaba ahora allí dentro del ataúd a punto de cerrarse y él contemplándola inmóvil procurando contener la respiración para no molestarla y sintiendo que algo lo asfixiaba aunque las flores del jardín ya no tenían fragancia estaban mustias y marchitas y no importaba que existiera la puerta de cristales que conducía hacia él porque ya no quería verlo ¡lo odiaba! cuando aún no estaba de esta forma y todavía respiraba y se deshacía en estertores lloró al igual que su papá y su mamá aunque con más pena que ellos con desconsuelo y en silencio ocultándose como sintiendo vergüenza de que alguien lo viera así bañado en lágrimas su rostro no como su papá y su mamá que lo hacían en forma que todos pudieran enterarse que lloraban por su hija ... entonces la habitación se disfumó y apareció la calzada y los cipreses y delante de ellos el carro fúnebre de color gris conteniendo el ataúd pero no le importaba nada pues la imagen de Alondra aún estaba en su recuerdo su bella imagen enfundada en el sudario blanco y esta imagen aunque pasaban los días no podía borrarse de su memoria y estaba presente en todos sus actos y en todo momento en las flores mustias que su mamá parecía no querer volver a cuidar y él la veía desde la ventana de su cuarto y en cada uno de los rincones de la casa y en el rostro de todos los que la habitaban hasta en el del mismo

Paulino siempre vehemente en sus sentimientos que fue el único que vino a consolarlo a él particularmente y luego al mirarse en el espejo de su alcoba y aproximarse a él evitando que su aliento lo empañara y poder contemplar aquel rostro suyo triste y dolido mientras besaba sus propios labios como le gustaría besar los de Alondra como los besó aquel día mientras ella lo miraba desconcertada y su fragancia se confundía con el aroma de las rosas las hortensias y las petunias y su cabeza recostada en el césped y sus ojos perdidos allá en el infinito ... ya no tenía fuerzas para hablar pero quería decir cómo sentía deseos de besar de nuevo aquellos labios dulces tenuemente rosados ¡tan bella como la recordaba por última vez! de estrecharla entre sus brazos y poseerla y tenía necesidad de sentir su cuerpo junto al suyo y de escuchar su voz y de contemplarla con aquel hermoso sudario de estar con ella para siempre los dos juntos y no sólo en aquella casa tan grande donde su ausencia no le dejaba dormir y le quitaba el apetito y fue entonces cuando enfurecido y febril golpeó la puerta del dormitorio de su mamá la que se quedó atónita mirándolo al tiempo que se lanzaba sobre ella y rodeaba su cuello con sus manos para ahogarla y luego hacer lo mismo con su papá pues los dos tenían la culpa del estado de Alondra y cuando ocultándose una noche llegó al cementerio y a la tumba y haciendo esfuerzos sobrehumanos descorrió la lápida y sus manos empezaron a separar la tierra y sus uñas sangraban cuando a veces se detenía para tomar aliento y descansar y respirar la fragancia de los cipreses y de las flores mustias de las coronas y de las margaritas esparcidas alrededor de las tumbas pensando en que la vería de nuevo y así podía seguir su labor de forma más ardua hasta que sus dedos chocaron contra la madera lisa del ataúd y empezó a abrirlo con la ganzúa y cuando la tapa cedió sacó la linterna del bolsillo de su chaqueta y al tiempo que retiraba la parte del sudario amarillento que cubría su rostro la iluminó ¡¡ahhhh!! de lo más profundo de su ser surgió un aullido lastimero un grito horrendo el gañido triste de un animal en pena pues aquel rostro descompuesto y desfigurado sin ya apenas carne no era Alondra y había sido engañado porque su papá y su mamá lo alejaron lo hicieron con la ayuda de médicos para que nunca más estuviera con ella en el jardín y que les quisiera a ellos solos pero no lo consentiría y al tiempo que corría velozmente pensó en recuperarla y vengarse y en matarlos a los dos y a todos para que los dejaran vivir a ella y a él a gusto como ya lo estaba haciendo ahora al apretar el cuello de su mamá que se debatía entre sus manos aferradas y con ojos de espanto ... ahora había llegado a esta nueva clínica que es diferente a las otras pues casi siempre estaba a solas y había barrotes detrás de las ventanas por donde podía contemplar la hermosura entristecida del paisaje y estaba aquí desde ese día que cuando intentaba estrangular a su mamá entraron su papá y Paulino y el chófer y otros criados y no lo dejaron aunque se deshacía en convulsiones no lo soltaron hasta que llegó la ambulancia y los enfermeros vestidos de blanco le pusieron una camisa que no le dejaba mover los brazos y lo trajeron aquí y cuando su mamá venía a verlo con Paulino lloraba y su papá ni siquiera venía y él preguntando por Alondra ¿dónde está? decía ¿por qué no viene a verme? entonces su mamá lloraba más aún y a sus oídos había llegado un rumor de que profanaron su tumba pero se ríe porque sabe muy bien que aunque ya no pueda utilizar cubiertos para comer y tenga que hacerlo con instrumentos de madera Alondra no está en su tumba ni en ninguna tumba tan sólo escondida esperando para venir un día en una mañana plácida con el canto de los pájaros a sacarlo de ahí y sin que nadie se entere ¡ja ja! con el perfume fresco de jazmines que siempre llevaba y apoyada con abandono en su brazo conducirlo a través de la puerta del jardín enrejada y verdecida y allí entre las rosas las hortensias y las petunias o bajo los álamos y cipreses en la soberbia delicia de la sombra y entre las margaritas con inquietas y vistosas mariposas de alas multicolores sus cabezas embriagadas reposarán sobre el césped y se hablarán y se besarán y podrá entonces acariciar su cuerpo y juntarlo al suyo ...

FUERA DE TEMPORADA

I

Sebastián avistó el hotel en lo alto de la empinada colina que acababa de subir, resoplando bajo los efectos conjugados de la pesada maleta y la altura. Se detuvo un momento y se enjugó la frente luego apretó el paso, viendo su meta próxima. El hotel, silencioso y dormilón, erguía sus proporciones sobre la felpa brillante de la mañana. El camino no llegaba tan arriba y había dejado el carro en el centro del villorrio —cuatro o cinco casas bien disimuladas a menos de medio kilómetro del hotel— en un rincón abrigado de la montaña. El sitio estaba realmente alejado de lo que podía llamarse el mundo urbano. Llevaba viviendo en España varios años pero nunca había estado en el norte del país, y pensó que cualquier viajero que se detenía allí en busca de soledad y calma, podía creerse en los confines del mundo, en tierra extranjera —en Suiza o Austria—, y quedar sorprendido al comprobar que estaba en el mismo país, donde se hablaba la misma lengua que en el resto del territorio nacional.

Una alegría centelleante se apoderó de Sebastián al ir acercándose al hotel, un chalet de piedra y madera roja; era la alegría que se siente al contacto de la indiscutible pureza del aire que se respiraba; de la extraordinaria vista que se abría ante sus ojos y del azul impoluto de un cielo inmaculado.

Miró a su alrededor y se quedó atónito, mudo, ante la repentina contemplación del lugar. Le supo a desconocida la emoción de cuanto lo rodeaba. El anfiteatro de los montes cerraba un panorama grandioso con cumbres elevadas al cielo, vigorosas y rebeldes, sobre las que parecía dormir la majestuosa quietud de un silencio universal. Y más allá, en lo profundo de valles y barrancos, el espectáculo salvaje de los roquedos entre marañas de flores, aguas y aires libres. Todas las sensibilidades de Sebastián se apercibieron a recoger el aura de inmortalidad que trascendía misteriosamente ante el paisaje de Cantabria.

Es lo que el médico me ha prescrito, se dijo, un sitio para descansar y relajarme. Había quebrado los nervios en una tensión endiablada, los que habían finalmente cedido como los maderos de una construcción defectuosa. Después de meses de rehabilitación, repuesta su salud en parte, su sensibilidad había quedado débil, enferma y a flor de piel, como una herida que no había cicatrizado del todo. Aquel ambiente, esperaba, la curaría.

A algunos metros del hotel hizo un alto, se quitó el jersey que llevaba y se lo ató a la cintura antes de entrar. Luego, subió de tres zancadas los escalones de lajas que daban acceso al chalet por una especie de balcón, a un metro del suelo, y que rodeaba todo el primer piso de la construcción.

Sin llamar, bajó el picaporte de hierro y entró.

En el sitio reinaba una penumbra cálida y seductora. Las ventanas, bastante pequeñas, de seguro para disminuir la acción del frío durante el invierno, dejaban entrar en la habitación apenas la luz suficiente para arrancar, de paso, algunos brillos rutilantes a las piezas de cobre que decoraban los muros, y sobre la ancha chimenea monumental de piedra en un extremo de la habitación. En unos instantes, sin embargo, uno se acostumbraba a la hospitalaria calma de la estancia.

La temperatura era agradable y una torpeza insidiosa se apoderaba de uno, invitándolo a recostarse en cualquiera de esos grandes sillones de mimbre crujiente decorados con almohadones de vistosos colores, a tomar uno de los libros que llenaban los estantes a media altura de la pieza, a adormilarse poco a poco entre los traquidos del abeto rojo y barnizado de que estaba revestida toda la habitación. Sebastián se comenzó a relajar conquistado por la atmósfera de bienvenida que esta sala baja de vigas macizas le ofrecía. Todo parecía ser propicio al ánimo y al cuerpo.

Hubo un ruido de pasos en el piso superior, estrépito en la escalera sonora, voces y risas, y tres jóvenes —tres monjas— pasaron como trombas delante de él, tan rápido que apenas tuvo tiempo de mirarlas. Las tres, en sus hábitos negros y grises adornando las cabezas con unas breves cofias grises y blancas, parecían flexibles y firmes como bestias jóvenes y libres, y desaparecieron por la puerta, cerrada tan pronto como abierta.

Sacudiendo la cabeza, Sebastián volvió la mirada hacia la escalera y se aproximó a ella. Sólo se escuchaba el ruido del agua que cantaba, en alguna parte, sobre un fogón.

—¿Hay alguien aquí?

Su voz resonó entre los muros y nadie respondió. Sin sorprenderse, reiteró su pregunta.

Esta vez, un paso lento respondió a su llamada. Un hombre bajó la escalera. Rubio, de pelo largo, de talla más bien alta, en la cuarentena, tenía el cutis de un montañés en el que destacaba la mirada de unos ojos demasiado azules. En realidad lo único que le faltaba eran alas para tener la apariencia de un arcángel. Sebastián pensó que parecía más un escandinavo que un español.

—¡Buenos días! —dijo Sebastián.

—Muy buenos —le contestó el otro mientras se escurría detrás del mostrador de la recepción.

—Hice una reservación hace …

—Ah, sí. Usted debe ser …

—Sebastián Salerno —le espetó el recién llegado.

Y mientras el otro le extendía la tarjeta de registro, le preguntó:

—¿Cuánto es la tarifa?

El empleado le mostró el pequeño cartel que aparecía a sus espaldas, colgado en la pared, al otro lado de la recepción.

—Es muy razonable —chamulló Sebastián.

—¡Oh! —dijo el otro—, recuerde que está en medio de la montaña y no tendrá todas las comodidades de un hotel de primera, ni de segunda. Además, estamos fuera de temporada y las tarifas son más reducidas —. Luego, esbozando una leve sonrisa, dijo:

—Me llamo Gabriel.

—Yo, Sebastián.

Se dieron la mano.

—Suba —dijo Gabriel—, y escoja. Todas las habitaciones están libres salvo el cuatro, el cinco y el seis.

—¿Las tres monjas que bajaron? —preguntó Sebastián.

—Exactamente. Al parecer les gusta mucho la montaña . Les encanta el senderismo. Vienen todos los años de vacaciones a pasar dos semanas, antes de que se pueble esto con un gentío pintoresco de extranjeros y españoles. En un mes y medio tendremos todas las habitaciones llenas.

II

Se reunían en el comedor y pronto aprendió sus nombres: la hermana Lucía, la hermana Leticia y la hermana Herminia. Las dos primeras eran esbeltas, jóvenes, de cuerpos flexibles y caras de vírgenes; la hermana Herminia, un poco más entrada en carnes, tenía un rostro redondo de ojos duros con una boca desdeñosa y las mejillas altas.

Aunque los tiempos habían cambiado y los hábitos también, Sebastián recordaba con afecto sus lejanos años infantiles en la escuela primaria en tierras caribeñas, y a las monjitas, frágiles y domingueras, que lo enseñaron a leer y a escribir. No obstante —cosa extraña—, estas tres religiosas españolas, en su estilo, parecían de primera impresión hechas según el modelo de mujer fuerte, atlética, algo musculosa, de aspecto un poco hombruno, exhibiendo una gracia dura, egoísta y pulida. Pero no se advertía otra noción hasta que uno demoraba la vista en los detalles: insinuación de tenues curvas resaltando con sencilla naturalidad; caderas estrechas pero firmes; pechos redondos, sugeridos tan sólo, que tensaban la ligera tela gris del hábito.

Entre Sebastián y las tres monjas fue, desde el principio la guerra, sin que él supiera por qué. Desde el primer día ellas se habían negado a admitirlo, en lo que pudiera haber sido la confraternidad amistosa en aquella morada de descanso. Lo atormentaban abiertamente, con una actitud algo despectiva y desdeñosa, impermeables a todos sus ensayos de cordialidad. Esto se evidenciaba, especialmente, en el comedor, negándose incluso a realizar gestos tan sencillos como saludarlo cuando llegaban a la mesa, o pasarle el pan o la sal. Sebastián, molesto los primeros días, no obtuvo de Gabriel ninguna aclaración por lo que le parecía un comportamiento fuera de lo común. Gabriel era, realmente, un solitario que vivía en su oficina en el primer piso escuchando música, y no la abandonaba sino para efectuar quehaceres pertinentes al hotel. Una pareja de viejos residentes del lugar aseguraba el mantenimiento del hospedaje y de sus residentes. Fuera de estos personajes, los días se sucedían sin que pasara un alma.

Sebastián, en realidad, veía raramente a las hermanas fuera de las horas de comida. Ellas se levantaban temprano y, rápidamente, partían a la montaña armadas de sus bastones y sus mochilas. A la caída de la tarde regresaban, las mejillas rojas y brillantes, muertas de cansancio, y pasaban una hora, antes de subir a sus cuartos, charlando en el salón de la excursión de aquel día y de sus planes para el siguiente. Parecía que traían consigo el alboroto y la fuerza de la Naturaleza. Sebastián, un poco ofendido por la actitud de rechazo que había advertido, dejó de insistir en ser social y las evitaba en la medida de lo posible. Partía por su lado, escogiendo en general una dirección opuesta a la que ellas habían tomado. Los caminos y vericuetos eran bastante numerosos y le dejaban muchas posibilidades de elección.

No obstante, buscaba para él una explicación satisfactoria a la actitud de rechazo de que había sido víctima: el ápice misterioso en que una preocupación rompía la armonía de su cavilar. Con el rabillo del ojo trataba de escrutar aquellos rostros, la mirada asustadiza que a veces le parecía notar, el movimiento de una grácil mano cubriendo con el puño de la blusa el atisbo de la muñeca, o el alzarse el cuello almidonado en nervioso ademán protector, para ocultar tal vez la lujuriosa huella de un lunar.

Pero había venido a relajarse, se decía, a confundirse con la intimidad secreta, a veces adusta, de la montaña, con sus pendientes vertiginosas; a tumbarse de cara al sol sobre la alfombra verde de valles asombrados por un cerco de montes, y la eclosión sedosa de la hierba en suave frotamiento. Había venido a caminar y llegar al hotel ebrio de aire, el corazón batiendo con violencia, feliz y cansado.

III

Hacía cuatro días que estaba en el hotel. El tiempo pasaba lento, neutro; eran como unas vacaciones y había venido a relajarse. Esa mañana se asombró al no ver a las hermanas en el comedor. Luego supo por Gabriel que era domingo y habían ido a una aldea cercana a oír misa y se pasarían todo el día fuera. Decidió, por igual, quedarse en casa y trabajar en unos papeles que habían permanecido abandonados por algún tiempo y que había traído consigo, no obstante el médico le prescribió que se olvidara de trabajar. Avanzada la tarde bajó a la sala y se encontró a Gabriel leyendo un periódico. Después de saludarse, y para hacer conversación le preguntó:

—¿No sales de excursión? El paisaje es extraordinario.

—No lo hago con frecuencia. En el invierno he salido a esquiar varias veces desde que estoy aquí, hace ya dos años. El individuo que me precedió sí le gustaba mucho salir de paseo. Según tengo entendido era un sazonado montañero, no había quien le ganase a descubrir atajos en las cumbres, vados en los ríos y escondites en el monte. Al parecer daba interminables caminatas por la montaña en el verano, y a campo traviesa en el invierno. ¡Pobre diablo!

—¿Qué le ocurrió?

—Hace dos años, a principio de temporada, como ahora, desapareció un buen día sin dejar rastro. Lo buscaron por todas partes y nada, como si se lo hubiera tragado la tierra. Meses después, unos turistas encontraron sus restos en el fondo de un despeñadero.

Quedó de repente en silencio, luego añadió:

—Debió de perder el equilibrio y abismarse por uno de los barrancos. La vida está llena de sorpresas, ¿no cree usted? No sabemos lo que vamos a encontrar a la vuelta de la esquina.

Sebastián pensó por un momento en el desfile de montañas con sus peldaños siniestros, sus arroyos y selvas, sus derrumbaderos y ostugos, con todos los peligros y terrores propios del misterio y la majestad del lugar.

Y allí quedaron, hablando de cosas nimias, disfrutando de aquella tranquilidad. Sebastián se sentía realmente relajado. Le pareció empequeñecer en el fondo confortable del gran sillón, como si la sombra de la tarde escurriéndose hacia el anochecer lo fuese absorbiendo, diluyendo. Se diría que gemían los murmullos de todos los senderos del lugar al silencioso paso de la sombra. Un viento frágil, como un cantar lejano, llegaba fresco a través de las ventanas y secreteaba en el alcabor de la estufa monumental.

IV

Aquella mañana se mostraba alargada y dulcísima. Había desayunado fuerte, y como de costumbre, Sebastián salió a la hora temprana con mochila, bastón y prismáticos. Pensaba llegar a uno de los villorrios en la ladera de un monte cercano que desplegaba al horizonte su paisaje grandioso. Estaba el día riente, el aire limpio y callado, los follajes húmedos y tersos, los senderos acosados por la vegetación y todo le producía una excitación resuelta y extraña. No tenía prisa, y acortaba el paso disfrutando del camino. Aunque iba consciente de sus huellas evitando el rudo obstáculo de los troncos muertos, o el estorbo de una raíz imprudente, buscando siempre las piedras saledizas donde afirmar el pie, de pronto tropezó con algo, una rama caída tal vez, que lo forzó a perder el equilibrio. Hizo un esfuerzo desesperado por no caer, tratando de sostenerse con el bastón, pero cayó sin remedio cuesta abajo.

No tuvo noción de cuánto tiempo estuvo en el fondo de aquella quebrada que en realidad no era muy dramática ni profunda. Cuando se recuperó todavía algo atolondrado y entumecido, Sebastián, abandonándose a la incómoda realidad, se dio cuenta de que su proyectada caminata se detendría allí: había perdido su bastón y no se podía incorporar ya que uno de sus tobillos lo hacía sufrir horriblemente. No creyó que se lo había fracturado pero se quitó el cinturón y se lo vendó lo mejor que pudo. Luego, renqueando, haciendo deslizar su cuerpo, enfiló colina arriba hasta el sendero para tratar de buscar ayuda y regresar al hotel.

Caminó apoyándose malamente en una rama que había encontrado para evitar forzar el tobillo. Avanzaba con lentitud, arrastrándose las más de las veces, y a cada diez metros se detenía para descansar y tomar aire. El tobillo realmente lo mortificaba. Con trabajo llegó a la cresta por la que había resbalado. De pronto se detuvo atraído por un movimiento bastante lejano. Tres formas oscuras, inconfundibles, en la falda de un monte, bajaban siguiendo un sendero empinado que parecía morir en el lecho de un abrigado vallecito frente a donde él estaba.

Pensó que cuando estuvieran más cerca podría llamarlas para que lo ayudaran a regresar al hotel pero, sin saber por qué, Sebastián se agachó. Fue como un impulso inexplicable que se posó sobre él en ese instante. Las hermanas se acercaban. Pasaron unos quince minutos. Ahora había, a vuelo de pájaro, un poco menos de quince metros entre él y ellas. Giró sobre sí mismo siguiéndolas con la mirada. Las tres se deslizaron en animada cháchara detrás de unos abetos y un pequeño montículo las ocultó un instante. Podía oír sus voces y sus risas cantarinas pero como no reaparecieron al otro lado del sendero, Sebastián esperó unos minutos y algo perplejo, suavemente, se escurrió en dirección al pequeño montículo.

Él ni nadie estaban preparados para el choque que sufrió cuando dominó al fin el campo donde ellas retozaban, y se hundió más en la espesura de los matorrales que rodeaban los pinabetes para evitar ser visto. Las tres monjas estaban desnudas sobre la lujuriosa alfombra verde del solitario campillo. Lucia y Leticia rodeaban a su compañera y se besaban, tomando puñados de hierba que le tiraban a Herminia entre jaranas y risas. Un fulgor resplandecía en ellas, exuberante y pagano. Sebastián sintió que un brusco calor le recorría las venas: en las espaldas, en los muslos y en las nalgas, las religiosas exhibían numerosos tatuajes. Levantó los prismáticos y pudo distinguir los dibujos en detalle: cruces celtas, flores que trepaban entre hiedras, pájaros y mariposas, todo enlazado en un colorido mundo alucinante ... Las tres monjas, como si fueran niñas traviesas, jugaban, bailaban y corrían ágiles como animales, enlazándose por momentos en luchas breves. Parecían excitarse progresivamente en el juego: los pezones erguidos, los cuerpos liberados. Lucía, de pronto, tomó a Leticia por detrás y la hizo trastabillar y caer cuán larga era.

Herminia se arrojó cerca de Leticia, de rodillas, y Sebastián vio sus labios recorrer rápidamente el cuerpo de la joven que se quedaba inmóvil. Lucía la lamía ahora a su turno y se tendía cerca de ella. Al cabo de un instante, Sebastián no distinguió más que una confusión de cuerpos que sus ojos deslumbrados no lograban descomponer. Jadeante, volvió la cabeza. Luego, incapaz de resistir, regresó ávidamente al espectáculo que se desarrollaba frente a él.

Perdió la noción de cuánto tiempo las miró en aquella orgía campestre. Un pequeño pájaro que pasó raudo lo hizo sobresaltarse. El cielo se había cubierto de pronto de nubes grises. Las tres mujeres se separaron y corrieron a recoger sus ropas. Consciente de su peligrosa posición, Sebastián retenía el aliento y quiso retroceder. Trató de mover su pierna accidentada, y el dolor de su tobillo fue tan fuerte que dejó, a pesar de su resistencia, escapar un gemido.

Como cervatillos en alerta, Lucía y Leticia se volvieron en su dirección, husmeando el aire. Sus cabellos espumosos y en desorden aún sin la cofia, y sus gestos armoniosos y rebeldes les daban el aspecto de bacantes. A grandes pasos se acercaron a la espesura. Sebastián se incorporó, haciendo muecas de dolor.

Palidecieron al reconocerlo con cara de pocos amigos. Los labios de Leticia se contrajeron y dejaron escapar un insulto mientras Sebastián trataba de justificarse.

—Hermanas, ha sido una casualidad —balbuceó, blanco como un cadáver escapado del sepulcro —. Yo no lo he buscado.

—Es demasiada casualidad —le abroncó Leticia con una mirada penetrante y desnuda.

—No haces más que gandulear —advirtió Lucia.

Y al momento su brazo se levantó y su pequeño puño, duro como una piedra, golpeó a Sebastián en la boca el que cayó de rodillas con su labio inferior reventado. Un hilo de sangre caliente comenzó a resbalar sobre el mentón.

—¡Con que derecho! ¡Me han roto el labio, coño!

—No nos gustan los fisgones —dijo una.

—Ni los mentirosos —intervino la otra.

—Ni los mal hablados—dijo la primera hablando a tientas.

—Me caí, carajo, y me he torcido el tobillo —gritó Sebastián, exacerbado el pulso, con lágrimas en los ojos, tratando de limpiarse la sangre con el dorso de la mano mientras hablaba—. Es la pura verdad. He perdido mi bastón. No tengo con qué apoyarme para regresar al hotel. Si una de ustedes quisiera prestarme uno de los suyos podría llegar sin ninguna ayuda.

Se hizo un silencio hosco. Sebastián trataba de limpiarse la sangre que ahora salía más abundante de su boca. Un aroma incitante y amargo trascendía de los abetos, como si la resina trasudara en las cortezas, empapando el camino de las incertidumbres. Luego dijo con voz tenue y apagada, casi opaca:

—Hermanas, dicen que sólo las buenas obras nos hacen dignos de Dios.

Por el cuerpo le pasó un temblor frío y silencioso.

En eso llegó Herminia y las tres estuvieron mirándolo muy de cerca, sin pestañear, con una insistencia temeraria, voraz, hasta que Lucía, que sujetaba un bastón de pesada empuñadura, balanceándolo sobre su cabeza, con todas sus fuerzas, asestó un golpe brutal sobre la sien de Sebastián, el que se desplomó como un fardo hundiéndose sobre los matojos y zarzales, con los ojos ausentes y el cráneo destrozado. Luego, rápidamente, sin ponerse de acuerdo, como si fuera una acción previamente ensayada, las tres arrastraron el cuerpo inerte. Salía sangre de su nariz que se confundía con la sangre de sus labios. Con el pañuelo a cuadros que llevaba al cuello le cubrieron la cara, abrumada por el espanto, en cuyos ojos abiertos se había dibujado el infinito. Luego lo llevaron cerca de un barranco.

—No hay sitio en este mundo para los fisgones —dijo una de ellas, y mientras se persignaban lo echaron despeñadero abajo, como si fuera un muñeco de trapo, perdiéndose en el abismo siniestro de la vaguada.

Y quedaron las tres allí, inmóviles, como centinelas, adquiriendo un rostro mimético de paisaje, mientras el viento del atardecer les somete los hábitos y se los imprime con naturalidad, descubriendo sus cuerpos a través del ropaje.

En la distancia, las nubes comenzaron a enroscarse de viento a viento, espesándose, exhibiendo luces satánicas cuando se dejan penetrar por el ronquido de los truenos y la rúbrica de los relámpagos. Se despuntó de improviso un leve aguacero, fino y estival, como si la lluvia, gimiente, quisiera borrar el paisaje. De seguido, las tres mujeres tomaron el camino de regreso bajo la pena turbia de la tarde que con sones de perdición se desvacenía como un sueño.

UN TRAJE DE ETIQUETA

Era ventolero aquel día algo frío de marzo en Chicago. El cielo se amasaba alto, con nubes redondas, aparatosas, llenas de brillo en los bordes. Las calles del centro, libres ya de la nieve que tan sólo unas semanas atrás formaban unos montones grises y tórpidos en las aceras, rebosan hoy con la bulliciosa inquietud de un enjambre.

McLean, el capitán de maleteros, fue al puesto de periódicos en el vestíbulo del hotel y le dijo a Bernie:

—Trae una bolsa grande de papel al salón de equipajes.

—¿Para qué?

—¡Qué traigas una bolsa, allí te espero! —. Dijo con aire severo y se marchó.

El tono ríspido en la voz de McLean hizo comprender a Bernie que este no era asunto para ser discutido. Minutos después cerró la caja registradora y cruzó rápidamente el elegante vestíbulo llevando debajo del brazo una bolsa de papel. Bernie era un hombre de carácter indiferente y retraído, algo encorvado, de vientre alto y corpulento de unos 64 años. Usaba un bigote entrecano, de cortina, que amarilleaba en el círculo que recibía el tabaco. McLean, por otro lado, era algo más joven que él, pero delgado y ágil. Tenía una cabeza alargada, de orejas pegadas y pequeñas. Sus cabellos plateados formaban agradable contraste con el elegante uniforme rojo que siempre tenía puesto. El capitán de maleteros lo esperaba en el salón de consigna y cerró la puerta una vez que Bernie estuvo dentro. Colgado en una percha había un traje de etiqueta limpio y en toda apariencia, nuevo: era de muy buena confección de una tela negra muy fina con las solapas satinadas.

—Debe de quedarte muy bien —le dijo a Bernie—. Los pantalones tal vez te serán un poco estrechos pero la chaqueta debe quedarte bien. Llévatelo.

Bernie, que trabajaba de lunes a sábado, de doce a catorce horas por lo general, y nunca salía detrás del mostrador del estanquillo entre periódicos y revistas, se rascó la calva y peguntó perplejo:

—¿Y qué voy a hacer yo con eso?

McLean insistió:

—No seas tonto. Está nuevo, es un traje caro y es gratis. Llévatelo, es tuyo.

Después de doblar el traje de etiqueta y de meterlo dentro de la gran bolsa de papel, Bernie indagó:

—¿Dónde lo encontraste?

El capitán de botones miró a su alrededor antes de susurrar:

—El tipo del 625 falleció está mañana de un ataque cardiaco, al parecer.

Cuando algún huésped, uno de esos tránsfugas solitarios, fallecía en el hotel que era algo poco frecuente, cualquier botones alerta utilizaba su llave maestra para meterse en la habitación antes de que el gerente, o cualquier otra persona lo hiciera. Los botones andaban siempre en busca de dinero, pero solían tomar también cualquier otra cosa que les gustara: una fosforera nueva, una corbata ... cualquier artículo que nadie pudiera echar de menos.

McLean era un perito en la materia y no era exactamente deshonestidad ramplona de parte suya. En sus treinta años de servicio en aquel hotel, había visto más de una cosa valiosa pudrirse en el sótano, sin que nunca nadie la reclamara. Más bien la mentalidad de McLean había llegado a un estado normal: todo aquel que dependa de las propinas para subsistir tiene que ser un buitre.

—¿El del 625? —repitió Bernie sin sorprenderse de que no se hubiera enterado de la muerte. La gerencia mantenía en secreto esas cosas.

—Sí, te tienes que acordar. Era un tipo algo excitado que parecía un ex boxeador. Había llegado hace dos noches.

—¿Ataque cardiaco, eh? Ahora que lo pienso, me pareció que actuaba con nerviosismo cuando venía al estanquillo a comprar sus tabacos baratos. Era demasiado joven para morir del corazón. No parecía tener ni cincuenta años. ¿Cogiste algo?

—No —mintió McLean. Había tomado $80 de los $157 dólares que encontró en la billetera del muerto después de una breve inspección—. Lo único que tenía era un reloj viejo y una máquina eléctrica de afeitar. Sus otras ropas no valían nada. Demasiado grandes para mí. Pero este traje de etiqueta nuevo … Enseguida pensé en ti. No se lo digas a nadie, ¿entendido?

Bernie asintió. Cuando regresó detrás del mostrador del estanquillo fue al minúsculo cuartito-almacén y se probó fachendoso la chaqueta del traje. Durante la mayor parte de su vida, antes de que su esposa muriera, Bernie había trabajado en una fábrica de sombreros y por eso conocía algo de tejidos y sastrería. Aquel traje de etiqueta era de primera calidad. Algo horondo, aunque no tenía un espejo donde mirarse, creyó que lucía de lo mejor. Excepto por las mangas que eran un poco largas para él, la chaqueta le quedaba muy bien pero los pantalones no: un poco apretados para el abultado vientre y algo largos para sus piernas breves y rollizas.

Poco antes del mediodía, cuando llegó el médico forense y el gerente del hotel mandó a uno de los botones a empacar las pocas pertenencias del difunto, hallaron algo detrás de una cortina que la vista de águila de McLean no había percibido: una vieja cartuchera sobaquera y un revolver 38 cañón corto. El gerente se asustó. Cuando el capitán de maleteros lo supo pensó que si hubieran encontrado el arma con anterioridad, no hubiera tocado nada. Se detuvo en el puesto de periódicos y murmuró:

—¡Encontraron un jodido revolver!

—¿Un revolver? —repitió Bernie mientras su rostro cetrino palidecía—. ¡Vaya problema!

—No tenemos por qué preocuparnos: será cuestión de rutina con la policía. ¡No sabemos nada, absolutamente nada! Recuérdalo y cierra el pico.

Más tarde un detective pidió la tarjeta de registro del 625. El hombre había firmado Larry Powers y declarado que procedía de Las Vegas. El detective preguntó si el individuo había hecho alguna llamada telefónica o si había recibido alguna. Pero no hubo nada de eso. Una ambulancia del necrocomio se llevó prontamente el cadáver y el sargento se guardó el revólver. El resto de las pertenencias del muerto fueron empacadas en su vieja maleta y llevadas al aposento-almacén del sótano. El médico forense dijo que sin una autopsia no podía establecer con certeza la razón del fallecimiento. No obstante, todo indicaba que el cuitado había muerto de causas naturales.

Aquella noche cuando Bernie llegó a su casa, colgó el traje de etiqueta en el armario del pequeño apartamento, luego remojó sus pies hinchados en agua caliente y miró en la TV una película como siempre hacía. Habían sido muchos años de vivir solo, demasiados, tal vez, y en ellos habían crecido los pequeños vicios, se habían consolidado las manías, había conformado el entorno a la medida de sí mismo, aprendiendo a vivir en su concierto. No obstante, aquella noche no pudo concentrarse en la película y estuvo en vilo hasta la medianoche.

Fui un tonto en aceptar ese traje —pensaba—, me costará unos cuantos dólares arreglar los pantalones, si es que pueden arreglarse a mi medida, y ¿cuándo rayos voy a usar yo un traje de etiqueta? Distinto sería si Molly viviera todavía. Algunas veces íbamos a funciones, a bailar, y recordaba sus escapadas al Aragon Ballroom al norte de la ciudad ... Pero ahora ¿en las ropas de un muerto? ... no sé ... ¿habrá tenido alguna enfermedad contagiosa? Pero dijo el médico que de seguro fue un ataque al corazón ... y el traje tiene buena pinta ... parece nuevo ... no tiene etiquetas, tal vez podría empeñarlo por veinte dólares.

Bernie tenía demasiado sueño para pensar en lo del traje. A la mañana siguiente, era viernes, y cuando abrió su estanquillo a las 7:00 en punto colocando los periódicos matutinos, en sus respectivas pilas, McLean se acercó para leer los titulares.

—¿Hay alguna cosa nueva acerca del tieso? —indagó Bernie.

—No. Si en los próximos meses nadie reclama sus pertenencias, la gerencia las va a echar a la basura. Dice aquí que hubo un gran incendio en el sur de la ciudad —anunció, cambiando la conversación, mientras miraba la primera plana de un diario.

El sábado por la tarde regresó el detective y le dijo al gerente que las huellas digitales encontradas en el revólver habían servido para establecer la verdadera identidad del fallecido. Se llamaba realmente Larry Prentis y había estado relacionado con el bajo mundo de Las Vegas, donde tenía antecedentes penales. Si alguien reclamaba sus pertenencias o inquiría acerca de él, el hotel debería tratar de ganar tiempo y llamar enseguida a la estación de policía o comunicarse con él personalmente. Por tal motivo dejó una tarjeta con su nombre y su teléfono.

El domingo era el día de asueto de Bernie: por lo general se levantaba tarde, tomaba un trago o dos al mediodía, miraba la televisión y descansaba los pies. De vez en cuando visitaba a una cuñada suya, Fanny, una buena mujer que vivía en el pueblo cercano de Cicero. Aquel domingo, cuando colgaba sus pantalones, sacó el traje de etiqueta y volvió a examinarlo. Indudablemente era un traje de buen corte, pero cierta rigidez en la tela de la chaqueta lo perturbó, aunque no vio ninguna mancha. ¿Sería acaso la tiesura de la sangre seca? Se sentó en la cama fumándose uno de esos tabacos baratos, como los que solía fumar el difunto, y sintió el deseo de echar el traje a la basura. Las ropas del muerto lo intranquilizaban. Pero la contradicción que había entre lo nuevo del traje y la rigidez de la chaqueta, le despertó la curiosidad. Palpándolo por unos instantes le pareció que podría haber algo escondido dentro del forro. Utilizó una navaja para cortar con mano experta y cuidadosa los hilos de la costura, y cuál no sería su asombro al encontrar sesenta billetes de a mil dólares en dos fajos, cada uno cosidos dentro de la chaqueta. Durante varios minutos quedó aturdido, mirando fijamente el montoncito de billetes hasta que al fin comprendió plenamente lo que acababa de ocurrirle.

A todos nos llega en la vida, de cuando en cuando, un instante de felicidad —pensó—, y éste era el suyo. Luego, después de examinar detenidamente los pantalones y las hombreras de la chaqueta, volvió a coser el forro meticulosamente.

—¡Venderé el maldito estanquillo y daré un viaje alrededor del mundo! —murmuró, mientras acariciaba uno de los fajos y contemplaba el impávido busto de Grover Cleveland. Nunca antes había visto un billete de mil dólares—. ¡Juro que lo pasaré sentado el resto de mi vida! ¡Sesenta mil! No sé cuántos años me quedan de vida pero ... ¡los voy a vivir en grande!

Pero cuando se disipó su primer ímpetu de alegría, Bernie comenzó a chupar pensativamente su cigarro. Sabía que la cosa no iba a ser tan fácil. Ningún banco aceptaría billetes de más de cien dólares sin anotar el número de serie y el nombre del depositante para informarlo a los funcionarios de impuestos. Ciertamente ninguna tienda, compañía o ni siquiera ningún casino de Las Vegas cambiaría un billete de mil dólares. Una vez que se conocieran los números de serie ... ¿quién sabía de dónde procedía ese dinero?, se preguntarían. ¿En qué asunto podría haberse metido Bernie ...? Hasta la mordida del impuesto sobre la renta personal sería grande.

Sin embargo, esas cosas no aguaron demasiado su entusiasmo. Tenía una pequeña fortuna, los billetes parecían «buenos» y tarde o temprano hallaría la forma de cambiarlos. Aunque vendiera el dinero por la mitad de su precio, treinta mil cocos eran más plata de la que él había soñado tener jamás.

Pasó el resto de la arde cavilando donde escondería el dinero. Lo puso en un sobre Manila sellándolo con cinta adhesiva y pensó abrigarlo en la parte inferior de la gaveta de un mueble donde guardaba la ropa o meterlo dentro del refrigerador. Estaba en esto cuando lo sonsacó una llamada de su cuñada Fanny, para invitarlo a la tradicional comida el domingo de Pascua de Resurrección. Mientras hablaba con ella en todo momento no dejaba de contemplar aquel sobre, y de hacer planes fabricando castillos en el aire. Primeramente sintió el impulso de destruir el esmoquin, pero después pensó que sería mejor quedarse con él. Por si acaso, se dijo. A lo mejor alguien lo reclamaba, o pasaba algo, y McLean decía que se lo había dado a él. Vamos, en este caso sólo tendría que devolver la ropa ... Diría que lo había usado. Pero eso no podía suceder. El capitán de maleteros no hablaría porque de seguro, le costaría el empleo. Cerró los ojos y trató de imaginar el aspecto del 625: había sido un hombre corpulento, con cara de pocos amigos. Bernie recordó que en una ocasión el hombre compró una docena de tabacos de a 25 centavos cada uno y que lo había visto en el vestíbulo fumando uno de ellos. Como él también era fumador de tabacos, sabía identificar a los que fumaban nerviosos, y para él este individuo era un buen ejemplo.

Lo único que debo hacer —se dijo— es actuar con naturalidad. Si alguien quiere el traje de etiqueta, que se lo lleve. Este tipo debe haber estado huyendo de algo; ¿por qué estaría tan nervioso? Pudo haber traicionado a sus compinches allá en Las Vegas, pero como tiene antecedentes penales, y la policía parece interesada en él, hay poca probabilidad de que sus amigotes vengan a pedir sus cosas. Estoy a salvo. Sólo tengo que actuar serenamente, no dejar de trabajar y ser durante unos meses como siempre he sido mientras pienso en el modo de cambiar esos billetes. Quizás si digo que estoy enfermo, viajo y trato de cambiar la plata fuera del país ... Por ahora lo principal, lo único que tengo que hacer es no hacer nada ...

Durante el próximo mes Bernie se obligó a olvidarse de su nueva fortuna. No obstante, se sentía dichoso y recordaba con frecuencia a su esposa Molly, desatando memorias y reminiscencias, pensando lo que hubieran hecho juntos con aquella plata. Le pasó por la mente el poner otra cerradura en la puerta de su apartamento pero descartó la idea concluyendo que algunos vecinos lo encontrarían sospechoso pensando que tenía algo que quería esconder. Cuando regresaba por la noche revisaba el pequeño apartamento de cabo a rabo, para cerciorarse de que todo estaba en orden. Por otro lado, Bernie siguió viviendo como antes: esas largas horas en el estanquillo que le aniquilaban los pies, descansando los domingos y alguna que otra visita esporádica a su cuñada Fanny. En el hotel argüía con los botones hablando generalmente sobre Chicago, el béisbol y acerca de la imaginada vida sexual de los huéspedes. Al final de la larga jornada regresaba a casa para mirar la televisión y dormir a pierna suelta. Y bajo el toldo de su loca suerte se refugiaba en sus sueños que lo transportaban a un mundo de paz y alegría.

El refitolero de McLean habló sólo una vez del esmoquin. Cuando Bernie vendió a una pareja que se hospedaba en el hotel, una guía de cabarets y salas de fiesta, el capitán de maleteros echó una ojeada a una revista de espectáculos y comentó con cierto sarcasmo:

—Ahora que tienes un traje de etiqueta, Bernie, deberías hacer un recorrido por los clubs nocturnos.

—¡Qué cosas se te ocurren! ¡Cómo si lo único que necesitaran mis pobres pies fuera bailar bastante! —replicó Bernie mirando fijamente a McLean durante una milésima de segundo. La sonrisa socarrona que vio en la cara del capitán de maleteros lo tranquilizó y entonces añadió: —Ya te dije que no me sirve para nada. Dáselo a cualquiera que tenga esa talla.

En otra ocasión, cuando hacía un depósito en el banco, Bernie preguntó casualmente al cajero, un hombre ya maduro que parecía había pasado la mitad de su vida detrás de la ventanilla:

—En el hotel un tipo que iba a Europa me enseñó un billete de quinientos. Le dije que debía llevar el dinero en billetes de menos denominación, porque supongo que billetes de quinientos dólares no serán fáciles de cambiar.

—Pues le va a costar trabajo cambiarlo allá. Se dificulta encontrar cambio para cualquier billete norteamericano de más de cincuenta. Hasta en los días del mercado negro, durante la última guerra, según tengo entendido, no eran populares los billetes norteamericanos de alta denominación porque resulta muy fácil seguirles el rastro.

Una preocupación sorda se había apoderado de Bernie, y aquel dinero era la única causa. Algunas veces McLean lo miraba furtivamente desde el otro lado del vestíbulo con una seriedad cariñosa. En esas ocasiones el vendedor solía estar perdido en sus pensamientos, con un tabaco apagado sostenido entre los labios. Y entonces el capitán de maleteros solía decir a alguno de los botones más jóvenes:

—El viejo Bernie está perdiendo velocidad. Debería vigilar lo que come y dejar de fumar esos puros ... Su corazón no va a resistirlo. Parece dormido de pie.

Pero en realidad al vendedor de periódicos lo perseguía la fascinación de aquella pequeña fortuna y con ella vacaciones, viajes y descanso. Comenzó a sentir los días sobre sí con angustiosa inquietud. Su mente estaba funcionando constantemente, pensando en infinidad de maneras para cambiar los billetes de a mil y siempre llegaba a la misma conclusión: vender la plata por 30,000 hojas de lechuga o por cualquier suma que le ofrecieran. Eso, más los pocos miles que la venta del estanquillo le proporcionaría y la modesta pensión del Seguro Social, le haría posible pasar gratamente los últimos años de su vida. Pero vender el dinero significaba hacer negocios con elementos del hampa.

Bernie pensó en la conveniencia de vender el estanquillo e ir a Las Vegas o New York para buscar algún pandillero pero pronto desechó la idea por descabellada. No obstante, allí en Chicago, en la calle Monroe, cerca de donde estaba el hotel había varios bares. Uno de ellos era propiedad de un tipo alto y delgado de voz honda y gafas oscuras, que vestía con ropa elegante, a quien llamaban Johnny. Este individuo conducía un lujoso automóvil negro, con ventanillas ahumadas, y todo el mundo sabía que era un corredor de apuestas de todo tipo y que tenía sus contactos con el hampa. De vez en cuando pasaba por el estanquillo y compraba alguna revista de crucigramas. Aunque Bernie no había hablado con Johnny, excepto para saludarlo, decidió abordar al fullero, quien a su vez sabría donde encontrar compradores.

La efervescente tarde de aquel martes se ensanchaba sobre la ciudad, madura y clara. Habían pasado casi tres meses después de que el 625 falleciera en su sueño, y Bernie pidió a McLean que le cuidara el estanquillo alegando que tenía que ir al banco. En vez de ello se dirigió al bar de Johnny, pidió una cerveza y cuando pudo llevar a un aparte a aquel sujeto en la penumbra acogedora del bar, le dijo en voz baja y en tono comprometido:

—Escucha, Johnny, sin hacerme preguntas, tengo un negocio que quizás te interese. Sólo quiero me respondas sí o no. Tengo un billete de mil dólares que no puedo depositar por motivos tributarios. ¿Comprendes? Lo vendería por $500 en billetes chicos. ¿Podrías encargarte de eso? No es dinero falso.

—Sólo un idiota fabricaría un billete falso de a mil —repuso Johnny, al parecer divertido por la tensión retratada en la cara del viejo—. ¿Lo tienes contigo?

—Desde luego que no, pero puedes examinarlo. ¿Podrás vendérmelo?

—Sí, te daré quinientos por él —le dijo, mientras lo observaba con cierta suficiencia.

Bernie guardó un silencio extraño por unos segundos, mezcla de asombro e incredulidad.

—¿De veras?

Johnny asintió, luego le advirtió bajando la voz en tono confidencial:

—Pero nadie más debe saberlo, ¿entiendes?

Bernie lo miró detenidamente con una vacilante sonrisa, se rascó la cabeza y por fin barbotó:

—Johnny, tengo sesenta de esos billetes, ¿puedes encausar eso?

—¡Jesús! —exclamó Johnny—. ¡Treinta mil para mí!

—¿Puedes hacerlo?

—Sí —dijo sin titubear—, pero un fajo como ese toma tiempo. Iré por el estanquillo el viernes, pero tú no vuelvas por aquí.

Bernie quedó pensativo por unos segundos, luego dijo:

—Johnny prefiero que vengas por el estanquillo el lunes.

—Muy bien, si así lo quieres. Pero, ¿seguro que no has dicho a nadie que venias a verme? ¿Ni siquiera a tu mujer ...?

—No hablo con nadie de dinero y en cuanto a mi esposa, que Dios la tenga en la Gloria, murió hace años.

Ese sábado amaneció sudado y asfixiante y Bernie no abrió el estanquillo. El gerente telefoneó a su apartamento y no le respondieron. De seguido llamaron a la policía la que derribó la puerta y encontró a Bernie convertido en una pulpa: lo habían molido a golpes. El pequeño apartamento, ramplón y vulgar, estaba destrozado: la cama deshecha, el colchón lleno de tajaduras, las sillas tumbadas, y las gavetas de todos los muebles fuera de sitio y volcadas.

La policía tenía dos teorías: Algunos hampones jóvenes habrían creído que Bernie era un viejo avaro que tenía dinero guardado y decidieron asaltarlo. O, como dijo uno de los agentes, la forma brutal en que había sido golpeado tenía todas las características de una tortura hecha por matarifes profesionales, contratados para obtener información antes de matar a la víctima. Pero el agente no insistió en su teoría porque Bernie no tenía antecedentes penales ni dinero: encontraron su libreta bancaria y su cuenta ascendía tan sólo a $225 dólares. Luego, para el sepelio, sus ropas estaban tan viejas y estropeadas que Fanny, su cuñada de Cicero, estuvo a punto de comprarle un traje para enterrarlo dignamente. Pero en el fondo del armario encontró colgados una chaqueta y unos pantalones que tenían toda la apariencia de ser nuevos. Los mandó a planchar y el cadáver fue vestido con el espléndido traje de etiqueta. Bernie, realmente, nunca lució mejor en su vida.

No fue hasta unos días después del sepelio que Fanny, mientras preparaba la cena, recordó aquel sobre de Manila sellado con cinta adhesiva, que Bernie le había pedido se lo guardara. Sin perder tiempo y comida de curiosidad fue al armario a buscarlo.

LA CITA

La caza del hombre es como la caza de la fiera:
se corre el peligro de volver con el morral vacío.

Crimen y castigo, Fiodor Dostoievski

La vendedora con sus ojos floridos, su boca perfumada, y las facciones desvaídas en una vulgaridad enteramente norteamericana, dejó el plumero a un lado y se le quedó mirando.

—¿Es grande y fuerte el perro? —le preguntó al hombre que tenía delante.

—¿Cuál perro? —inquirió el aludido.

—Bueno, digo perro, pero tal vez sea un tigre, o un gorila ¿no? —y esbozó una sonrisa algo burlona—. Quiero decir, lo que me imagino que usted quiere amaestrar.

Como en cualquier otra tienda de animales también allí se vendían peces tropicales, gatos, perros y un sinnúmero de pájaros. En las múltiples jaulas que llenaban el establecimiento, los pajaritos saltaban sin cesar, nerviosos, de palitroque en palitroque, y con su pío pío revoltoso formaban un verdadero alboroto. Los revuelos y aleteos, el seco sonido de sus uñas, el animado canturreo y el constante gorjeo llenaban el lugar con un rumor festivo y pertinaz.

—¿Señor?

—¡Ah, sí! —exclamó saliendo de su ensimismamiento y luego agregó—: Sí, es un perro grande y fuerte.

La vendedora se quedó pensativa por un instante, luego dijo:

—Tendría que buscar en el almacén para ver si nos queda algo de lo que me pide. ¿No le importa esperar?

—Desde luego —contestó, mientras ella se perdía por la puerta del fondo.

… Al parecer él había sido el primer cliente esa mañana. Todavía era temprano. En el mostrador estaba el plumero que había puesto a un lado la vendedora. Un objeto por demás gracioso, una especie de varita mágica, una caña de color amarillo claro y como un penacho, plumas desordenadas de colores brillantes. Resultaba muy de su agrado que la vendedora se hubiera marchado a buscar lo que él quería, y que lo hubiera dejado solo. Mientras ella estuviera ausente no necesitaba esforzarse por mantener a raya lo que anidaba en la mente. Un alivio estúpido el no tener que oponer resistencia a la paulatina desaparición de sus pensamientos. Inclusive poder inclinar la cabeza hacia adelante y observar la caña amarilla del plumero con plumas multicolores, como las de un papagayo. En desbandadas, casi uniformes, se le fue diluyendo la conciencia: no era responsable de las imágenes que se iban formando en su fantasía; no solicitaba su presencia. Tampoco podía ahuyentarlas. Venían y se alejaban y volvían a acercarse como veladas. Lo único que resultaba molesto en aquel momento era que los pájaros no quisieran sosegarse un poco. Acaso su vida normal y natural era ese constante ajetreo. Tal vez como la vida humana. Tenían que vivir así, de aquí para allá, en invariable juego. Saltar siempre con idéntico brinco de una varita a otra, en vuelo oblicuo ascendente, de un lado para otro, unos contra otros, de aquí para allá. Con las alas medio abiertas y luego pegadas al cuerpo. Así vivían en sus jaulas. La monótona uniformidad, el movimiento casi mecánico, causaban una sombra de intranquilidad.

.... Por un momento se le había extraviado la mente. El jolgorio de los pajaritos lo trajo a la realidad. Había pasado una noche sin poder pegar los ojos, y las noches anteriores había dormido a fuerza de calmantes. Durante la madrugada le habían vuelto a invadir serias dudas sobre lo que iba a hacer esa mañana pero al amanecer, pensando en Esteban, se habían disipado de nuevo. Le vino a la mente aquella primera vez que hablaron de su drama; si en años de amistad nada le dijo en un principio no fue por falta de confianza sino por cuanto hay de bochornoso en confesar ciertas heridas. Pero él había aguzado el caso y tuvo de inmediato ecos sulfúricos del infierno en que Esteban había vivido. Ahora, allí en la tienda, esperando a la empleada, estaba completamente convencido que no existía elección posible y que tenía que hacerlo y recobrar su estado de ánimo.

.... Se acercó a la vitrina del establecimiento donde había una jaula con unos cachorros y miró hacia la calle. El cielo lucía un velo lechoso y el aire era cálido. Había caminado varias cuadras buscando la dichosa tienda de animales. Era una calle céntrica con joyerías, sofisticadas «boutiques» y galerías de antigüedades, tal como se podían encontrar en Nueva York, París o Londres. Sabía que era la calle pero le llevo tiempo encontrar el sitio. Aquí todo se nivela y se parece: el público, la edificación, son los mismos de cualquier centro de ciudad grande. No había rincones interesantes ni callejones; no había fachadas antiguas y curiosas; ni una sola casa vieja de atractiva personalidad. Nada parecía tener un venerable pasado. Se había distraído tan sólo contemplando el frontispicio de la iglesia de San Pedro y los juegos de la luz al ser herida por el sol. Y de improviso la terca campana que parecía lanzar a los cuatro vientos su mensaje de oración: «reza y camina por el sendero del Señor». Volvió a pensar en Esteban, y en aquella espina que llevaba y se exacerbaba consumiéndolo, lo mismo que un vicio; como a través de los años se había endurecido su espíritu; como en sus ojos llevaba la lumbre de una hoguera sombría. Amante de la lógica, sabía de esas tormentas en que rotos los límites de la piedad, un vendaval arrebata el poder de la razón y funde todos los pensamientos en un instinto vengativo que, conservando la lucidez suficiente para no convertirse en crimen, se encarniza contra las cosas. Quería hacer lo que creía justo por su amigo. Iba a necesitar todas las energías de que podía disponer para poder llevar a cabo su empresa porque era una tarea que no estaba en su haber.

.... El bullicio de la tienda de animales lo trajo a la realidad pero de improviso se vio nuevamente entrando en la iglesia. Allí, en el frescor y acogimiento de la penumbra, en la soledad refrescante, donde tan sólo, al fondo, jugueteaban dos puntitos de luz mortecina, se reclinó sobre un banco. Y sintió que su rostro había envejecido y que debería tener muchas arrugas; las sentía en las mejillas, al rozarlas con las manos porque de pronto aparecía con toda claridad en su interior algo ajeno a él, lo que Esteban había padecido. Se encontraba en la enrarecida soledad del templo, y como no sabía otra cosa, empezó a hablar consigo mismo, a recapitular en su memoria lo que había aprendido de niño, esforzándose en poner en orden las súplicas que tan sólo pronunciaba entre dientes, a fin de tener algo que decir y poder balbucearlo entre los labios para que se convirtiera en oración. Cuando uno reza, se dijo, sabe para lo que reza. Y cuando lo hace para encontrar consecución en la súplica, esto ya no es orar —o a lo mejor, quien sabe—. Él rezaba, pues, con palabras cuyo sentido le permanecía vedado. Pero cuando hubo pronunciado y oído la petición completa: «perdónanos nuestras deudas ...» y, al llegar a la siguiente frase «así como nosotros perdonamos ...», pareció que la voz se le ahogaba. Quedó en silencio, como en espera de algo que parecía iba a llegar. Sus dedos estaban entrelazados y sus manos frías aunque afuera la mañana aparentaba ahogarse ya en el bochorno de la hora. Se quedó así un rato con la sensación más patente de que lo que había decidido hacer, era como un lazo que lo amarraba a Esteban y a la vida.

—Este es el único. No tenemos otro más pesado ni más fuerte —. Aquellas palabras lo sacaron de su ensimismamiento. Por fin la vendedora había regresado con sus ojos expectantes y con gestos un tanto amanerados.

—Déjeme verlo —le dijo—. Espero que no haya traído uno de juguete.

Al contemplarlo se dio cuenta que no era un juguete. De seguido le preguntó:

—¿Puedo probarlo?

—Pero no aquí, por favor —replicó la vendedora—. El mostrador sería incapaz de aguantarlo y quién sabe el daño que haría aquí en la tienda. Los animales ... usted sabe ...se alborotarían. Es un artículo que en realidad no solemos vender. Solamente quedaba éste de una remesa antigua.

Lo dijo mientras observaba al comprador detenidamente con ojos ansiosos mientras él miraba la etiqueta del precio.

—Bien, entonces aquí tiene usted —dijo, y colocó varios billetes sobre el mostrador.

—Déjeme darle el vuelto. ¿Necesita recibo?

—No, no necesito ningún recibo.

—Tal vez se lo podría envolver, llevar un látigo así …
por la calle …

—No vale la pena —le dijo—. Lo voy a utilizar enseguida.

La vendedora abrió los ojos inmensamente pero no
dijo nada mientras los pájaros seguían su revuelo en las
jaulas.

Enroscó la pesada y nudosa correa hasta formar un
círculo pensando que podía introducirla en un bolsillo
interior, pero el bulto era demasiado grande. Así que metió
el látigo debajo de la chaqueta, sujetándolo con la axila.
Abultaba enormemente, pero aunque no le era posible
abotonar la chaqueta, podía ir, bien que mal, con ella
medio abierta.

Salió de la tienda. Sabía que el resto del camino ya no
era muy largo. Conocía la calle y el edificio de oficinas no
quedaba muy lejos. En pocos minutos estuvo frente a la
dirección que buscaba: un inmueble luminoso y resplandeciente en la suave luz de la mañana. Habían cesado los
flujos y reflujos de la fantasía. Veía todo ahora con la
mayor precisión y le era posible pensar con coherencia.

Al lado había un edificio en obras, detrás del cual
surgían los andamios de otra construcción. Un ruido en-
sordecedor de máquinas batidoras de cemento permeaba
el ambiente. No se detuvo. A la entrada se encontró el
ajetreo enorme entre personas que salían y personas que
querían entrar al vestíbulo. Con paso firme se encaminó al
elevador y subió. Iba leyendo los números de los pisos que
aparecían por partida doble, Cuando llegó al número que
había pulsado salió inmediatamente y se encontró en un
recibidor con cuatro puertas. Allí estaba, frente a él, el

tablero de los departamentos que albergaba aquel piso, donde podía leer, claramente, el nombre que había memorizado; aquel condenado nombre que había oído por vez primera, con palabras amargas, en boca de Esteban. Tres de las puertas estaban cerradas, la otra, la que él necesitaba, se hallaba entreabierta, como si estuvieran esperando su llegada.

Pensó que no necesitaba siquiera llamar. Podía arreglárselas sin presentación previa. No sabía si el personal aún no había llegado, o tal vez alguien había ido a recoger la correspondencia, no lo sabía. Pero la puerta estaba medio abierta. Todo duró, por lo demás, dos o tres minutos. Dos o tres minutos parecen poca cosa cuando han pasado al campo del recuerdo; pero dos o tres minutos vistos de frente pueden significar un tiempo enormemente largo.

En el interior de la oficina había ruido, ruido de las obras vecinas porque debían estar abiertas algunas ventanas. Penetró por la puerta en la que figuraba aquel bien recordado nombre y debajo el rótulo «Sala de espera». Entró sin llamar ni dar ninguna otra señal de su llegada y vio un escritorio con un sillón giratorio un poco apartado. Sobre la mesa había un par de archivadores y la computadora estaba encendida. Pese a que debía haber ventanas abiertas se notaba un aire enrarecido y entraba un olor a sótano, un olor a argamasa húmeda. El ruido se tragaba los pasos y no necesitaba andar con precaución, aunque hubiera deseado no ser oído; no se hubiera atrevido a hablar, tal vez. La respiración le era fatigosa, como después de ascender una escalera casi infinita, a pesar de que había subido en el ascensor. Pero no era necesario hablar. El látigo le empezaba a molestar: un extremo se había soltado y se le escurría hasta el suelo.

Este debía ser su antedespacho que cruzó de extremo a extremo. Al final había una puerta de acceso a lo que parecía ser el despacho del jefe; una puerta gruesa, tapizada, que también estaba abierta.

Desde la entrada lo vio. Era un hombre peludo y mal encarado, inexpresivo, de ojos huevudos y saledizos, de manos pecosas, navegadas de venas gordas y azules. No lo había visto nunca pero allí estaba sentado, aquel hombre que había sido una pena insufrible de Esteban, motivo tal vez de su enajenación, desvarío y reclusión en la institución en que se encontraba después de años de ir cuesta abajo. Aquello lo había mordido toda la vida dejándolo triste y acabado, acoquinándolo sin atreverse a salir a ninguna parte.

En aquel momento una nube de recuerdos y emociones lo envolvió, atizándole la conciencia, pinchándole el alma. Imaginó a Esteban, aquel aciago día en su juventud. Iba tarde camino a casa atravesando el parquecito en sombras cuando lo acosaron tres hombres que lo metieron entre los sombríos arbustos. Estaban borrachos y mientras lo insultaban le arrancaron los pantalones. Él gritó y forcejeó pataleando pero eran tres brutos. Lo sujetaron con la cara contra el suelo y mientras le pegaban le abrieron las piernas. De inmediato lo atacaron, con los pantalones enredados en torno de los tobillos, y los sacos arrojados sobre los arbustos vecinos. Se turnaron. Los que esperaban enfocaban con una linterna que traían el cuerpo de Esteban, que se retorcía llorando sin poder moverse. Reían estúpidamente entre sí y se llamaban y se gritaban obscenidades. Fue en uno de esos instantes cuando Esteban oyó aquel nombre que se le quedó grabado de por vida, como un cuño indeleble. Cuando concluyeron, lo dejaron allí, abandonado, mientras sus voces se perdían entre los árboles y los oscuros senderos. Lo demás lo hizo la casualidad, que es el seudónimo de los complejos misteriosos que ponen una vida frente a otra.

Allí estaba sentado aquel hombre. Pensó que tal vez lo que le había hecho sufrir a Esteban aquel día, ni las consecuencias posteriores, no le había afectado en lo más mínimo. Su exterior irradiaba una salud inquebrantable, recia, salud de roble. De seguro que este pensamiento le era totalmente ajeno y le hubiera parecido disparatado el no querer seguir viviendo sea por el motivo que fuere. Y así, pues, allí estaba sentado, vivo. Bullía en sus transacciones entre el teléfono y el dictáfono; tenía ante sí una enorme correspondencia y precisamente en aquel momento volvía una hoja, lentamente, la hoja primera, para poder seguir leyendo en la hoja segunda. Colocó la hoja primera a un lado, despacio, al tiempo que también otra mano se elevaba lentamente, sin que él lo notara. Y comenzó con la parte superior de la página segunda. Seguía leyendo metódicamente, metió la mano bajo la corbata, por donde tenía desabotonada la camisa: elevó camisa y cuello ligeramente, discretamente, aunque no podía saber que alguien lo estuviera mirando. Su boca parecía silabear. Leía como quien busca una formulación exacta porque la desea y hace las combinaciones adecuadas. Ahora llevaba un dedo al labio inferior, lo humedecía y lo aplicaba a la hoja. En su semblante iba apareciendo una expresión de satisfacción, como si fuera a comenzar una agradable jornada. El día, al parecer empezaba para él con pie derecho.

Había sacado el látigo de la chaqueta y de pronto se sintió desfallecer. Una angustia cósmica lo anonadaba como un frío subiéndole por las piernas, apoderándose de los brazos y de los hombros, enseñoreándole por fin la cabeza. Le era imposible hacerlo. No había tenido la menor duda de que debía llevar a cabo su plan y darle una lección a aquel cabrón. Pero de repente, sintió que su mano se había vuelto a bajar, esa mano que había seguido su propio impulso tuvo la misma sensación. No sabía a quién o qué cosa había pensado encontrar no hacía más que unos breves instantes. Y ahora lo tenía ante él, sentado. Allí estaba sentado delante de él.

Cuando había planeado lo que iba a seguir, se había dado cuenta de que acaso le costaría trabajo levantar la mano por primera vez. Había sido siempre un hombre de razón bien articulada ante los actos de inmotivada violencia. No obstante, la mano lo habría hecho por sí misma; la mano le hubiera quitado el trabajo de decidirse. Pero luego, en cuanto sabía o creía saber, de haber empezado a repartir latigazos, le hubiera resultado muy difícil atenerse a lo planeado. No iba a quitarle la vida. Eso no, porque pudiera ser que si lo hacía, le estuviera haciendo un favor. Pero ahora nada le importaba lo más mínimo; ahora que tan sólo necesitaba dar un paso, y plantarse enfrente del escritorio donde había un individuo sentado, leyendo; alguien a quien él no podía explicar el por qué de su determinación.

Afuera seguía el ruido; un ruido duro y estridente que invadía el edificio, pero él no se había movido; no había hecho nada que delatara su presencia. Probablemente notara tan solo algo impreciso una figura extraña en la puerta. Levantó el dedo, se enderezó en su asiento, y volvió a mojar la yema para pasar la hoja. Al hacer esto pronunció en voz alta, sin levantar la vista, un nombre hacia la puerta. Es probable que fuera el nombre de la secretaria. Y cuando volvió a llamar por segunda vez, la mano había empuñado firmemente el látigo y se dijo para sí: «Esto se ha acabado». Pero entonces fue, precisamente, cuando ocurrió: cuando se dispuso a hacer un nuevo llamado se interrumpió de pronto y alzó la vista y fue en ese momento que lo vio látigo en mano.

Él no lo conocía y el otro de seguro nunca lo había visto. Lo único que le hubiera gustado que supiera era que había venido por causa de Esteban. Pero tuvo que haber reconocido algo o la penetrante mirada pudo haberlo revelado. Acaso después de aquel atisbo, le vino, de pronto, antes que nada, como un dardo de fuego, el pensamiento de Esteban o de cualquier otra víctima.

No dijo palabra. Echó el sillón hacia atrás, hasta llegar casi a la pared o, mejor dicho, hasta dar con un librero que allí estaba. Y en tanto que retrocedía, como tratando de hundirse en el sillón, cubriéndose un rostro lívido de miedo con las manos, el intruso no pudo hacer otra cosa que seguirlo hasta tropezar él mismo con la barrera del escritorio. Se detuvo y restalló el látigo una y otra vez en el aire, mientras el otro temblaba como una hoja, luego lo tiró sobre el escritorio como un cachivache inservible. Y allí quedó lo que hubiera sido un instrumento de venganza sobre la hoja número tres, entre el dictáfono y el teléfono.

Realmente, no sabía por qué dejó allí él látigo. Pensó que debió habérselo llevado y haberlo tirado en cualquier rincón de la calle. Tenía la seguridad de que aquél, en la oficina, tan pronto como razonara y se hubiera convencido de la desaparición del extraño, así como de que nadie se hubiera enterado de lo ocurrido, se apoderaría del objeto y lo escondería precipitadamente en una gaveta que luego cerraría con llave, convencido de que el percance había tenido para él el desenlace más propicio que pudiera desearse.

Nadie llamó, no se oyó timbre ninguno. Nadie lo siguió. Salió del edificio y en la calle sintió una impresión de oquedad, casi de decepción de que las cosas hubieran acabado así. Le había dado fin a una estúpida ilusión, una ilusión que le había hecho hervir la sangre y suministrado combustible. Pero se sentía vacío de toda clase de inflamativo; se sentía como el que se encuentra frente al teatro con los billetes de entrada y el aviso inesperado de que se ha suspendido la función.

En aquel momento, en la claridad lechosa de la mañana, hubiera podido escapar, meterse en cualquier sitio; reposar de aquel terrible cansancio que volvía a invadirlo de nuevo. Pero al deambular por la calle, tropezó nuevamente con la iglesia de San Pedro y volvió a entrar en el templo porque a la ida no había concluido su plegaria. Había comenzado otra vez y antes de quedarse adormilado en la penumbra, con la cabeza entre las manos y éstas apoyadas sobre la dura madera del reclinatorio, pudo trasponer la petición y proseguir con la otra: «así como nosotros ...», y continuó rezando porque lo demás ya no era cosa de él y no se detuvo hasta la última petición, respirando fuerte, y, sin embargo, casi como aliviado, aunque tan sólo sentía un inmenso vacío: «más líbranos del mal.»

LA FOTO DE SANDY FERGUSON

No sé cómo aquella foto de Sandy Ferguson vino a parar al fondo de la gaveta. Lleva al dorso escrito: *Chicago, 1965.* Me llenó de desconcierto porque no tengo memoria de la foto y no creo haberla visto nunca antes. No recuerdo que Sandy me la diera y si lo hizo en qué circunstancia. La foto realmente me desorientó ya que rendía una imagen conflictiva de lo que Sandy había sido para mí.

A Sandy Ferguson la conocí hacia finales de la primavera, alrededor de ese mismo año inscrito en la foto —o tal vez uno o dos años antes—, en una fiesta que dio mi amigo Larry Reagan en su apartamento, cerca de la Universidad de Chicago, donde éramos estudiantes. En aquel vertiginoso carrusel de conversaciones que terminaban al momento de iniciarse, con personas que seguían los ritos de la cultura social y por las que se perdía todo interés a los dos minutos de haberlas creído interesantísimas, vine a quedar cara a cara con ella. Yo tenía en la mano mi tercera o cuarta copa de sangría, un ponche color sangre de toro que sabía más a frutas exprimidas que a vino, y se lo ofrecí a Sandy. Ella lo aceptó, lo probó apenas y conservó la copa en su mano. Acababa de llegar de España, donde había pasado seis meses, y yo le dije las tonterías que por entonces acostumbraba a decir. Se trataba, como dicen los norteamericanos, de «romper el hielo»; o tal vez sería mejor decir como los españoles de «romper el fuego». Siendo Sandy norteamericana y yo hispano, roto su hielo natural con mi juego consiguiente, establecimos de inmediato entre ambos un vivo e inexplicable afecto.

La rotación que las buenas maneras imponían a la fiesta — las sacras reglas del rigodón social—, nos separaron a los cinco minutos de habernos reunido, pero no pudieron impedir que aquellos cinco minutos nos clavaran como cinco flechas el uno al otro, convencidos como quedábamos de que el conocernos era lo único que habíamos sacado en limpio de toda la fiesta.

En esta vida se consiguen las cosas cuando no se demuestra por ellas un excesivo interés. Cuando salí a la calle camino del tren elevado, después de haberme despedido a la española —dos besos en las mejillas—, la encontré junto a la verja del jardincito rumbo a su coche el que estaba estacionado casi enfrente de la casa.

—Si quiere puedo llevarlo a su casa.

—*It's very nice of you.* Pero vivo lejos, hacia el norte, cerca del Lincoln Park.

—Es casualidad, yo vivo cerca de allí.

Hablamos animadamente durante la travesía y cuando el coche se detuvo enfrente de mi casa intenté besarla al despedirme pero ella no se dejó, sonriendo. A la semana siguiente la vi en bicicleta por el parque pero no iba sola; sin embargo, pareció como si hubiera querido detenerse conmigo.

Dos días después la llamé por teléfono para ir al cine el próximo sábado.

—Nunca creí que me llamarías.

—Ya ves.

En el cine le tomé una mano y ella estrechó la mía con vehemencia. Quedamos en vernos al día siguiente en el Lincoln Park. Nos paseamos por el lago y los jardines.

Esta vez la abracé y la besé, y ella recibió el abrazo y el beso de manera pasiva, pero rendida. Fue entonces que me di cuenta de que Sandy no era lo que en un principio pensé.

—Perdóname. Perdóname por todo esto —me dijo.

—No hay nada que perdonar.

—Es que no debes enamorarte de mí.

—¿Por qué no?

—Porque no quiero que sufras.

—El mal está ya hecho.

—Aun se puede evitar bastante.

—Quiero verte otra vez.

—El miércoles próximo.

—Antes.

—Antes no puedo.

—Quisiera verte a diario.

—Eso no es posible.

Había quedado inflamado y seducido, realmente.

El domingo estaba solo en casa y sonó el timbre. Era Sandy. Al parecer había tenido un disgusto en su casa pero no me dio muchos detalles.

—No debes tomarlo así.

—A veces pienso en huir de casa, irme a otro sitio.

—No digas tonterías … ¿Por qué?

—Por todo … por muchas cosas.

Luego, por el camino de regreso a su casa la fui confortando. Hacía buen tiempo y caminamos llevando del manillar las bicicletas. La dejé frente a su casa misma. De regreso, mientras pedaleaba el camino de vuelta, me volví y pude ver que decía adiós con la mano, sonriendo con cierta leve tristeza, separada de mí por las innumerables enredaderas y setos que cruzaban los atractivos jardines de las casas del barrio.

Algunas veces la llamaba y ella venía y salíamos a pasear o íbamos al Art Institute, al cine o al teatro y nos cogíamos de la mano. La imaginé desde entonces tierna y conflictiva. Era siempre un grato reposo entre aventuras turbulentas y sinsabores personales; el puerto seguro desde donde contemplar con cierta sorna mis accidentados cruceros de piratería.

Un día fui a su casa. Me había invitado a un *cookout* y conocí a sus padres, que podían muy bien ser sus abuelos. También conocí a su hermano, rubio, fino y nervioso, poco mayor que ella y que estudiaba en Harvard, circunstancia que le imprimía una especie de frívolo complejo de superioridad. Luego me dijo que ni sus padres eran sus padres ni su hermano su hermano. El doctor Ferguson y su mujer, ya mayores y sin hijos, habían adoptado dos huérfanos del Hospicio, niño y niña. Me lo dijo Sandy de modo natural, sin sombra de melodramatismo. Siempre pensé que detrás de su personalidad se escondían ciertos nebulosos enigmas de su infancia.

Cuando me fui de Chicago estaba tan metido en otras cuestiones que me tuve que limitar a despedirme de ella por teléfono. Durante cosa de dos años y medio nos escribimos de tarde en tarde, casi siempre recurriendo a tarjetas postales y de Navidad. Nos mandábamos también libros, de poesía, por lo general.

El descubrir aquella foto me había dejado ensimismado. Volví a contemplar a Sandy: era dulce y graciosa, de traro asequible, delicadamente retraído; mujer de belleza tranquila un poco triste, de esas criaturas melancólicas que a menudo sonríen y a menudo miran al cielo; tenía dorados los ojos y el pelo rubio; la boca expresiva de labios finos y sensuales; los ojos grandes, verdes y húmedos, con una rara hondura de aguas misteriosas que produce inquietud y sugestión. Y los recuerdos se continuaron agolpando en mi memoria. Percibí en ella delicadezas y blanduras de sentimiento, y siempre pensé que entre Sandy y yo había mediado el lazo firme de una amistad y un cariño devotos.

Después de algún tiempo, un día me anunció que se iba a pasar un mes en casa de una prima que residía en Algeciras. Yo vivía a la sazón en Madrid y tuve que ir a Cádiz en aquellos días. Aunque sentimientos y pasiones suelen rezagarse con la distancia, le escribí citándola en el Hotel de Francia y París, en la plaza de San Francisco, en caso de que pudiera venir. Desde las once a la una del sábado la esperé en el vestíbulo, en el bar, en la terraza, entre la embriaguez estival de palmeras y coches de caballos, distrayéndome con el trejemaneje del lugar. Al final, ella no se apareció en la histórica ciudad, como era más que probable que sucediera.

A la semana siguiente, por tanto, decidí ir a Algeciras expresamente para verla. Le puse un telegrama: *Meet me loby Hotel Reina Cristina. Saturday noon.*

Estaba en Sevilla en el coche de línea a las seis de la mañana; pasé por Jerez a las ocho; por Medina, a las diez, y por Alcalá, a las once. A las once y cincuenta llegué a Algeciras. Tome una habitación en el Hotel Madrid, un cascarón rococó de barandillas y escayolas. Desde la ventana se veía la torre colonial de la plaza entre palmeras, sobre una perspectiva picasiana de muros blancos, tejados y azoteas. En el soplo candente de la hora bajé a la calle y tomé un taxi:

—Al Hotel Reina Cristina.

Me estaba esperando animada y sonriente. La encontré algo más delgada en aquella brillante mañana de verano, pero más interesante, más mujer, que cuando la dejé en Chicago. Me sonrió con su leve modo triste de siempre.

—Que preciosa reunión —le dije—. ¡Después de tantos años!

—Así es —. Me contestó casi susurrando.

Yo me atropellaba hablando. Le quería hacer en dos minutos el resumen de todo cuanto había pasado en cinco largos años, aproximadamente. Le hablé de demasiada gente para no tener que hablarle de mi mismo, y cuando ya no hubo más remedio le hablé de las cosas externas de mi vida, de la deslumbrante pantalla de audacias y aventuras que encubría la cruda gravedad de mis oscuridades interiores. Le pregunté por gente que los dos habíamos conocido, gente en cuyo recuerdo no nos podíamos ver juntos y pude notar con amargura que esta gente, estudiantes en su mayoría, habían ido desapareciendo de Chicago, borrando así huellas de nuestra vida antigua, dejándonos desamparados, sin humanos puntos de referencia que atestiguaran de algún modo la realidad de los días pasados.

Almorzamos en el mismo hotel, aun con cierta tensión de personas que se conocieran menos de lo que nosotros nos habíamos conocido, porque, habiendo pedido platos distintos, el camarero se equivocó al servir y nosotros no nos dimos cuenta hasta después de empezar a comer. Así, no nos atrevimos a proponer el cambio, y hubimos de comer cada cual lo que no habíamos pedido.

Después de comer salimos a la pérgola de la terraza a tomar el café. Entre el jardín y el mar escamoteaba el pueblo. Escogimos una mesita entre sol y sombra y nos sentamos mirando a la bahía, yo a la sombra y ella al sol. Los camareros vestían el traje andaluz adaptado a las servidumbres del oficio y no se oía hablar más que inglés, si bien con variado acento. Aquí ya hablé sobre mis planes y mis cosas. Ella me dijo que estaba algo cansada de Chicago; que acaso se marchara a Inglaterra, y me pareció que una ansiedad nueva se levantaba en su pecho. El resto de la tarde lo pasamos como turistas visitando la Plaza Alta y la iglesia de Nuestra señora de la Palma. Luego deambulamos de tienda en tienda, entre la blancura ociosa de las calles del pueblo. Ella buscaba una mantelería, yo no buscaba nada, tan sólo disfrutaba las sensaciones del momento. Finalmente encontró el encaje que le gustaba pero no se lo llevó porque el juego tenía solo seis servilletas y ella necesitaba ocho. Una vez que el tendero puso el mantel sobre el mostrador Sandy me dijo:

—El vendedor quiere que vayamos a aquel mostrador.

—Y nosotros queremos que él venga aquí.

—No has cambiado lo más mínimo —me dijo, esbozando una sonrisa.

—Es verdad.

El tendero que nos atendió llevaba por lo menos tres días sin afeitarse, circunstancia que le hice observar a Sandy en presencia del hombre, pero en inglés. Pensaba que era fácil que el hombre entendiera el inglés y se enterara de una vez que no era correcto atender al mostrador con cara de cactus. Esto de la cara de cactus era bastante corriente en el idioma español; en inglés por entonces, era, más infrecuente; por lo menos a Sandy le hizo mucha gracia.

Al pasar frene al Consulado norteamericano, cuya bandera ondeaba sobre barandas de cal *y* muros espesos, nos abordó un vendedor de anillos y relojes. Comenzó pidiendo el oro y el moro en lo que él juzgaba que éramos ingleses, tal vez por la cercanía al Peñón. Yo me hice el inglés y el tonto y conseguí que rebajara en anillo y el reloj. A última hora no cerramos el trato y el hombre se largo echando maldiciones.

Por último nos sentamos en un café de la Marina. Tomamos café, refrescos, cerveza y conversamos de mil cosas, de arte, de poesía, de viajes, siempre en un tono jovial, algo extraño, tal vez, a la cierta melancolía que la joven exhibía. Sandy habló de ella con una laudable modestia que le hacía callar cuantos pormenores le encumbraban; nunca conversó de sus intimidades, ni patentizó inquietudes, ni divulgó secretos ni confesiones. Pasadas las seis dijo que quería regresar antes de que se pusiera el sol, y volvió a aparecer su sonrisa triste y amable, su rictus de ternura. Yo dije que era triste decirse adiós, pero que era muy posible que a mediados del otoño volviera a Chicago. Lo dije casi dando certeza, por más que estaba seguro de que mis probabilidades de volver a los Estados Unidos en aquel momento eran remotísimas. Ella lo sentía así también sin duda alguna, pero aceptaba el engaño, porque era un engaño de buena ley, un intento de hacer trampas al destino, en desquite de las malas pasadas que este nos juega en todo tiempo.

Antes de abordar el taxi la miré ansioso, a plena luz, y la percibí lejana, evadida mucho más que en la suave penumbra del café donde cambiamos las últimas palabras. Nos dimos la mano y ella tomo la mía como la vez primera en el cine, como si mi mano fuese el único asidero suyo a la vida. Jamás besos, abrazos de mujer alguna me han dicho lo que aquel apretón de manos: jamás me ha dado nada tanta ternura, como si aquel acto bravísimo hubiera sido la meta de las esperanzas anteriores y el punto de arranque de todas las nostalgias venideras; como si en aquel contacto se hubiera realizado la súbita descarga, la liberación violenta de los sentimientos sometidos, durante toda una existencia, a la altísima presión de la memoria y el deseo.

Traté de alejar en vano la urdimbre de la tarde y cuando se marchó el taxi solo quedaba de ella la sonrisa de siempre, cuya suave tristeza se me clavaba, más implacable que nunca, en lo más hondo. Era como un perro echado, indiferente a todo, dando la espalda al fracaso del celaje violeta del poniente. Entre el taxi y mis ojos se interponía un laberinto de rayas multicolores y resplandores a contraluz, palmeras, arboladuras, tejados, azoteas, redes de pesca o de tenis que el salitre de la marea endurecía y atirantaba.

Por las Navidades tuve carta de Sandy. Lo de Inglaterra no había resultado. En cambio tenía ciertas esperanzas de conseguir un empleo en Montreal, y en abril saldría para el Canadá, para empezar una nueva vida. Una vida nueva. No supe más de ella

Pero de todo esto bien pudiera hacer ya más de veinticinco años.

Volví a examinar la foto acariciando los recuerdos. Pensé que entre nosotros había habido un abismo de silencio, la incertidumbre de los seres que vivieron fraternalmente una misma desolación, para recordar de súbito que apenas se conocieron. Me esforcé nuevamente tratando de hacer memoria de cuándo aquel sorpresivo retrato había llegado a mi poder. Era Sandy, sí, allí estaba su figura inconfundible, pero aquella imagen en la foto estaba fuera de su persona, muy lejana de su modo de ser: era el retrato de una mujer que, en realidad, no creí haber conocido. Su cuerpo, resplandeciente y sensual, reposaba sobre una manta, completamente desnudo.

LA VECINA

*Cada cual reduce el mundo a su medida,
tono, timbre e intensidad.*

Francisco García Pavón

El cuerpo de los demás es un desierto y al cabo de algunos años, todos se confunden, pensaba, tanto el amante que conoció en el bosque, a las orillas del lago, como aquel otro que no pudo penetrarla durante una excursión a las ruinas de Palenque, patrocinada por la sociedad arqueológica, pero hubo un tiempo en que cambiaba de amante al ritmo de las estaciones: uno cada tres meses. Habría querido que algún hombre bloquease el torniquete, ralentizase su motor, demasiado potente para su carroza y le habría gustado encontrar un hombre paciente porque para lo impaciente que era ella no había nada tan impresionante como la gente que sabe esperar, pero nadie ha esperado jamás a que se calmase, a que se posara en su rama más alta y empezara a piar; para ella los hombres tienen excesiva prisa, van demasiado acelerados: comer, moverse, eyacular, y olvidar aunque en esto se le parecían, pensó, y realmente no les guardaba rencor por ello.

Es curioso, sólo una mujer trató de raspar su corteza; se enamoró casi sin ella saberlo hasta que tuvo que llegar un día, pues, con voz de tormenta y de alarma.

Olvido era una vecina viuda que vivía enfrene de su casa. Ella había dejado su apartamento en el centro y se había mudado a aquella casa de su juventud a raíz de la muerte de su madre y Olvido pasaba a menudo ya de noche a tomar un café, a hablar de su difunta madre, a fumarse un cigarrillo, y escuchar los discos de danzones y rancheras que le había regalado su último amante justo antes de la ruptura. Ella carburaba a base de whiskys, tequilas y borborigmos, demasiado herida para hablar, demasiado desarticulada para intentar componer una frase y Olvido no le pedía nada, la comía con los ojos, virgen enamorada, ya seducida y ya abandonada porque su mente estaba en otra parte y olvidaba invitarla a comer algo, incluso olvidaba que también ella debía poner algo en el estómago. Al filo de sus veladas, en las que le contaba el ir y venir del barrio su cháchara era animada, o cuando hablaba de sus amigas, pero en otras oportunidades reinaba un mutismo de tumba, con la melodía pausada de los danzones como música de fondo. Fue entonces que Olvido empezó a traer a veces platillos, antojitos, como ella los llamaba: unas frituras de bacalao, unas croquetas de jamón, un plato de arroz con leche, o cualquier otra golosina que había preparado, pero no pasó mucho tiempo hasta que se ocupó por entero de la cena sin jamás pedirle un céntimo ni solicitar una opinión, y hasta fregaba los platos antes de volver a su casa de mujer abandonada.

Después empezó a lavarle la ropa, a planchar las sábanas y los vestidos, se convirtió en su perro faldero, su escoba y su chica para todo porque ella estaba anestesiada por el dolor, ciega a sus miserias y a su vértigo. Como se negaba a recibir en casa a sus amantes, salía con frecuencia por la noche, y al volver encontraba que la luz de la casa de Olvido permanecía encendida, y que luego, al día siguiente exhibía una cara de enterrador, ojerosa y con una expresión amarga en la boca ya que debía de adivinar la naturaleza exacta de aquellas escapadas nocturnas y se prohibía todo comentario sobre el comportamiento. Permanecía al acecho, aguardaba, se sobresaltaba cuando ella la rozaba con el hombro o se frotaba distraídamente los pechos en su presencia. La cosa duró algunos meses y ni una sola vez le hizo objeto de una confidencia de mujer, sin embargo, su deseo armaba tal estruendo que le parecía oír un ejército de cacerolas arrastrarse de habitación en habitación y golpear contra las paredes de la casa. Optó por callarse, sin duda por cansancio, a menos que se tratase de indiferencia: la de los que han sufrido heridas graves.

La fantasía de Olvido, pensó, cataléptica tanto tiempo, había despertado con tal plenitud que sus ojos podían ver las carnes de la vecina abrasadas por el fuego interno que la quemaba, y todos sus sentidos respirando aquel aire corrompido.

Una noche de verano, mientras un viento cálido aplastaba la ciudad bajo un cielo de plomo, le sirvió un whisky, ella se sirvió otro y se puso a dar vueltas por la sala al ritmo de la música de los danzones envolviendo el ambiente cuando, de pronto, sintió unas manos tibias apoyarse en los hombros desnudos. No se movió.

—¿Sabes, Olvido … ?

—No, no sé nada. No quiero saber nada —le dijo.

Fue entonces que le rozó la nuca con un beso leve, tenuemente húmedo.

—No sabes lo que haces, Olvido.

—Hago exactamente lo que tengo ganas de hacer desde que te conozco.

—Tú no me conoces.

—Más de lo que crees.

—Es el viento y la falta de un hombre lo que te trastorna...

—Mi mente nunca ha estado más clara.

—Se hace tarde ... Deberías irte a casa.

No dijo nada y se marchó, no sin antes pasar sus largos dedos por el pelo, acariciándoselo.

Se eclipsó el momento y se quedó sola aspirando el olor de los árboles recién regados y del jazmín del patio que trepaba, obstinado, como el remordimiento, y se sintió triste y furiosa a la vez. Aquellas palabras de Olvido habían vibrado henchidas de una brutal ansiedad. Ya no tenía suficiente moral para defenderla de sus demonios y de los suyos propios. ¿Cómo decirle que abandonara sus intenciones? ¿Qué sus años de juventud habían quedado lejos? ¿Qué buscara en una de sus amigas mejor reciprocidad? ¿Cómo decirle que ella sólo era un espejismo? ¿Que no existía? Sabía que era una mujer amargada, redoliente, de apetitos oscuros, que reclamaba caricias y un amor que ella era incapaz de darle. Los años sirven para eso, para agudizar un sexto sentido que le dice a uno de inmediato si un cuerpo te desea, si un alma ansía apurarte hasta las heces. Descubrió que sentía una piedad inmensa por Olvido, pero, en el paisaje de su vida, no existía oasis alguno donde cobijarse, ninguna mano para depositar el sustento restaurador.

Había una intensidad tan amarga en Olvido que no la dejaba renunciar y ella no era capaz de decirle nada, sin embargo, siguieron reuniéndose pero sus veladas, antaño animadas, se volvieron más cargantes con sus fervores contrariados. Aprendió a manejarla: hurtaba a su mirada los detalles más anodinos de su cuerpo, por el procedimiento de llevar ropas amplias que le sirvieran de coraza y evitar toda postura que pudiese parecer una invitación pero Olvido la asediaba tácticamente con sombrío frenesí y ella le hacía frente sin palabras. Aquella batalla silenciosa viciaba el aire y lo saturaba de un mal de amores que helaba la piedra que en ella hacía las veces de corazón.

Un día Olvido cayó enferma, o por lo menos eso fue lo que dijo, quedando postrada por unos achaques que la aureolaron de una belleza dolorosa, como esas que tienen las madonas al pie de la Cruz. Pensó que tal vez este era el momento indicado para romper aquella relación pero el recuerdo de su madre y la amistad que las había unido le vino a la mente y decidió que no podía abandonar en aquel trance a la enviscada en su torpor de enferma, en pleno mes de agosto, desierto y cruel. Algunas amigas del barrio vinieron a visitarla y ella le preparaba platillos, y pasaba por su casa por las noches, dejándose acariciar la cara y los brazos. Por el día un sol furioso golpeaba contra las persianas cerradas y una pesada humedad le ponía pegajosos los dedos de la piel y Olvido necesitaba aire de puertas abiertas y noches frescas. Después de algunos días en esta situación se dio cuenta, finalmente, de que ella la había tomado como rehén.

Tal vez fue la cólera lo que, al cabo de cinco días de un morboso encierro, la empujó a sentarla por la fuerza en la cama y a desnudarla con una mano que no admitía protesta alguna. Un desfallecimiento voluptuoso se había hecho pesantez en los ojos, ardor en los labios y perlada humedad en la piel. Sus pechos eran pesados y lechosos, con aréolas de un rosa pálido y pezones apenas dibujados. Tomó su pecho izquierdo en la mano, con la mirada clavada en la suya como un alfiler. Inmediatamente, sus ojos se llenaron de asombro. Deseaba hablar, pero ella meneó la cabeza.

—Ni una palabra, Olvido. Ni un gesto. Te has puesto la cuerda alrededor del cuello y soy el mejor nudo corredizo que puedas encontrar. Mírame. Esto no es una violación. No te deseo. Nunca te he deseado. Tampoco te amo. No soy ni tu hombre, ni tu mujer, ni tu consolador. Tampoco soy tu igual. Sin embargo te concedo mi veneno, sólo por esta vez y será la primera y la última. Si insistes, te mato y te entierro en tu propia habitación, bajo tu cama. Si no te mudas de casa quiero que desaparezcas de mi vida una vez y por todas. No puedo soportar por más tiempo tu viudedad, tus deseos insatisfechos de quien sabe qué. No me mires con esa cara y deja de apretar los dientes. Estás temblando, lo sé. No cierres los muslos. Estás mojada, sí, pero mojada de miedo. ¿Cuántos años hace desde la última vez? ¿Cómo lo hacías con tu marido? ¿Te hundió alguna vez la lengua en el ombligo? ¿Te mordió la cara interna de los muslos como lo voy a hacer yo ahora? No me toques, no soy una polla. Ni me supliques con la mirada. ¿Estás lo bastante abierta para soportar mis dedos? Ya veo que no. Estás crispada y tus tetas se sobresaltan porque piensas en los mordiscos. Gotea de ellas un sudor amargo. El mismo que empapa tu coño desabrido. Mírame. No obtendrás otra cosa que un orgasmo. Te estoy follando sí, y deja de jugar a la mantis religiosa. ¿Por qué tenías que encapricharte de mí, de la vecina que cambia amantes todas las noches y a quien se la sudan tus suspiros enlutados? Ya ves, ahora no eres más que un saco de secreción femenina, una vagina chapoteante que tengo a mi merced. ¿No era eso lo que querías? Te mueves como una anguila y ansias engullirme en tu gruta secreta, ya lo veo, que se estremece y es presa del pánico bajo mi mano, que toma posesión de ella. Pides gracia, reclamas la liberación. Yo no soy una liberación. Al contrario, soy tu verdugo por unos momentos que se dispone a ponerte en órbita por diferentes agujeros al mismo tiempo.

Cuando salió de la casa no supo hasta que punto realmente Olvido comprendió aquella arenga.

En ningún momento su piel tocó la suya ni su boca cosquilleo su centro de gravedad porque no tenía ni sombra de deseo, y no había siquiera una gota de ternura, irritada porque hubiera impuesto su cuerpo, porque se hubiera servido de él como de una coartada, en un penoso chantaje a la vida. Y allí la dejó con el cabello deshecho, medio desnuda, arrugada y marchita, realmente nunca le habían gustado las arañas y todavía menos la gente que se roba la luz y, a modo de planetas muertos se niega a restituirla; prefería reír y bailar, templar por templar, y antes de irse le susurró al oído como si quisiera grabar su agitada recomendación:

—No vuelvas a poner los pies en mi casa.

No regresó más. Tal vez encontrara a una mujer —o a un hombre— capaz de amarla.

EL ÚLTIMO POEMA

Para Belkis Cuza Malé

No, si a él le daba lo mismo. Morirse le daba lo mismo. Aunque sólo fuese por no aguantar esto que le dolía tanto. ¡Cómo le dolía, Dios! Nuca estuvo enfermo ni malcayente; había sido duro y alto, robusto de buena encarnadura y mucho rejo, y esto que lo minaba se lo estaba llevando, calladamente. Lo que le fastidiaba era lo de su mujer que iba a quedarse tan a gusto cuando él estirase la pata.

Ahí estaba:

—¿Te apetece algo? —la oyó decir. ¡La muy hipócrita! Con esa cara que ponía que parecía que lo estaba sintiendo.

—No, nada.

—¿Quieres un café?

—No, porque si es como el de ayer era como engrudo— dijo, con cierto brillo de insolencia en su mirada.

Que le quitasen el dolor este tan tremendo era lo que quería él, pero eso a ella, a lo mejor no le importaba.

—¿Te duele mucho?

—No, no me duele nada —protestó, sarcástico, casi gruñendo.

¡Que se fastidie! Que seguro que bien contenta estaba ella de pensar en lo que él estaba pasando. Todo lo que me has hecho tú sufrir a mí, le había dicho el otro día la muy cabrona cuando discutieron la última vez. Que se le escapó al decirlo. Y entonces la matraquilla de todos los días: Pero no creas que yo me alegro. Yo no. Yo soy cristiana y me duele el dolor del prójimo y el tuyo.

¡Vaya si se alegraba! Y luego, la muletilla de siempre: ¿todo lo qué le había hecho él pasar por tanto tiempo? Tal vez porque bebía, sí. Eso sí: le gustaba. Pero aunque bebía y alguna vez, y sobre todo en los últimos años se emborrachaba, él nunca la había tratado mal. Algún empujón de vez en cuando; algún déjame en paz que había dicho, pero no mucho más. Y eso porque estaba borracho y no tenía plena conciencia de lo que hacía. Que además, ¿por qué se emborrachaba él? Por no aguantarla. Por no tener que pensar en ella: por olvidarla. Por no verla. Por no oírla con su inacabable fastidio. Pensó que tal vez se había estado muriendo la mayor parte de los últimos años, poco a poco, bebiéndose su salud hasta el sueño eterno.

¡Siempre igual! ¡Siempre igual!: Que me des más, que me des más, que me des más ... Nunca tenía bastante. Y luego el estribillo que no acababa nunca, que dejase de escribir: Con eso no ganas nada, le decía. Lo que escribes no le interesa a nadie; estás perdiendo el tiempo miserablemente. ¡Dinero! ¡Dinero!: era lo único que ella quería. Lo único que le había interesado.

Si llegaba a casa tan contento porque le habían publicado algo, o porque habían hecho una buena reseña de unas páginas suyas, o por algo así, ya estaba ella allí para decir siempre lo mismo con inmenso desdén: Y eso, ¿qué te da? Di. Cuando por primera vez vio él que le citaban en una Historia de la Literatura, ¿qué fue lo que dijo ella?: Y eso, ¿qué? Como si fuese ayer: llegó él a casa tan contento, entusiasmado. Había comprado el libro porque se lo habían dicho: que le citaban. En el índice de nombres y todo venía, allí estaba. No decía nada, era verdad. Sólo su nombre entre los de los poetas jóvenes que prometían entonces. Pero entonces era entonces. Cuando empezaba: ¡Menuda ilusión! ¡Menuda alegría! ... Y ella con el fastidio de siempre: y eso, ¿qué?

¡Maldita sea, coño! ¡Me cago en la leche cabrona! Había chillado él.

¡Toda la vida con la bruja esta! Que nunca le había comprendido. Nunca. Que nunca le había animado en su quehacer ... Bueno, tal vez un poco, al principio. Entonces sí: ¡La muy hipócrita! Cuando se conocieron, cuando se hicieron novios: como se trataba de cazarlo, de seguro, entonces, sí. Después ya, a hundirle. Llegó un momento en que él pensó que para ella existir necesitaba destruirlo a él.

Bien claro se lo había dicho en repetidas ocasiones: que a él, lo suyo era ser escritor, poeta. Y nada más. Que de siempre. Que había nacido así, con ese gusanillo, con ganas de escribir. Que no imaginaba que pudiera ser otra cosa, nunca.

Y ella, cuando se lo decía, iba y le preguntaba que eso ¿por qué?

¿Qué eso por qué?, le repetía él recalcando las palabras. ¿Y él qué carajo sabía? ¡Porque lo llevaba en la sangre! ¡Porque necesitaba echar fuera lo que traía dentro! Que ser poeta era eso. Uno vive y luego devuelve la vida en lo que sueña, en lo que escribe. Como si la vomitara, a veces. Como ahora él. ¿Por qué se había puesto ahora a pensarlo? Ya le daban las nauseas otra vez, y sintió una oleada de dolor y cerró los ojos.

—¡Tráeme la palangana! ¡Pronto! ¡Tráemela! —gritó—. ¡Ay Dios! ¡Qué malo! ¡Ay Dios!

Pero no llegó a tiempo y en el suelo lo echó todo.

—¿Por qué no me la pediste antes, hombre? —respondió ella con voz cálida, con un tono para él desconocido, como encontrado de repente.

Pero él la envolvió en una mirada tan implacable que ella no atinó a decir nada. La cara, que se había puesto de un gris ceniciento, volvió lentamente a la vida. Ahora lo que tenía que hacer era limpiar todo aquello. ¡Anda y que lo limpie! Que era su obligación. Para eso se había casado con él, ¿no?

—¡Ay! ¡Ay!

¡Qué mal se sentía, Dios! Qué malo. Qué malo se había puesto …

—¡Quítate, hombre! ¡Cuidado! ¡No lo pises ahora! —le espetó ella.

—¡Si no lo voy a pisar!—. ¡Pues sí que estaba él para poner el pie encima de nada! Allí, clavado en aquel sillón de brazos ajados. Aguantando. Aguardando ¡Y qué dolor, Dios! ¡Qué dolor!

Ella le ayudó a limpiarse la suciedad del chaleco, luego la boca y los espejuelos. El pensó que aquellas manos nunca habían sido cariñosas ni reconfortantes.

—Pero me dejas aquí solo, con este dolor.

—Voy por el trapeador y el cubo. Vengo ahora.

—¡Ay, no te vayas, no! Espera un poco.

Ni le había oído. Si no tenía fuerzas ya ni para levantar la voz que se le oyera. ¡Lo fuerte que era él antes, declamando, leyendo!

Cuando se casaron no se quejaría ella. Qué por él no había sido. Pero ella, ni un hijo le había dado.

Ya estaba aquí de vuelta, con el trapeador y el cubo.

—Levanta los pies, anda.

—No puedo— dijo, con la cara enrojecida por la ira.

—Sí que puedes. Levántalos un poco para poder limpiar.

No quiso él. No le daba la gana. ¡Bastantes órdenes le había estado dando ella siempre! Que parecía una máquina de dar órdenes: Que vengas a tal hora. Que no salgas. Que no vayas con esos amigotes. Que tienes que venir conmigo a esto, y a lo otro, y a lo de más allá … Hasta que él se hartó y se puso a beber. A veces se había preguntado, con todo lo que había escrito, cómo no supo inspirar a ella con sus palabras ni una sola alegría pura, ni un solo goce luminoso. De súbito le vinieron a la mente aquellos versos que había escrito hace ya tiempo:

> *Espero que un día sepas*
> *cuánta ternura*
> *y cuánto frágil silencio*
> *hay en un poema.*

—¡Levanta los pies, hombre! ¡Levántalos un poco!

Apretando las manos como puños, los levantó un poco, porque si no …Y el trapeador haciendo su trabajo con cuatro pases.

La miraba cuando hacía los quehaceres y pensó que a través de los años se había convertido en un espantapájaros. No cuando se casó, no. ¡Tan fina y elegante en todos sus movimientos era entonces, tan limpia que se mostraba …! Pero desde hacía algún tiempo ya nunca se molestaba en maquillarse: ni colorete, ni rímel y brillo de labios. Su rostro perdió el lustre y el antiguo perfil de distinción acurrucándose en una figura opaca. El pelo negro de antes que siempre se había dejado suelto sobre los hombros, era ahora gris, y parecía lacio y sin vida. La suave sonrisa de otros años había desaparecido y sus labios se habían convertido en una línea fina y tensa.

Porque eso no. Si él se moría, que no pensara ella que la iba a querer nadie. De viuda alegre nada. Vieja, fea y estropeada como estaba ... ¡Anda, que quién iba a decirlo entonces! Lo deliciosa que era cuando joven, con aquellos grandes ojos castaños. ¡Y mira!

Y tú, ¿quién iba a decir que ibas a ser toda la vida lo que has sido? Le decía. Yo pensé que terminarías haciendo una oposición o algo así. Que trabajarías en alguna oficina del gobierno, le repicaba ella, con una voz varias octavas por encima de su habitual tono. Tú lo que pensaste fue que iba a durar siempre el dinero de mi padre, le esputaba él.

El otro día. Qué buenos se habían puesto el uno al otro, sacándose los trapos sucios. Todo se lo dijeron. Que ella se había creído que como su padre era rico y él hijo único, aunque le diese por escribir era lo mismo. Sólo que luego, ¡venga a gastar!, ¡venga a gastar! Como si el bolsillo no tuviera fondo...Y luego la quiebra del negocio de su padre. Y de seguido lo caro que todo se había puesto.

A veces tenía la sensación de que un día iba a despertarse y descubrir que había estado soñando, y que la vida que conocía era un espejismo que pertenecía en su subconsciente. Pero todo era una ilusión. Allí estaba ella echándole en cara que era un vago!: ¿Un escritor? ¿Un poeta? ¡Un vago es lo que tú eres! ¡Como todos! Para ella los escritores, todos iguales. Salvo unos pocos que ganaban dinero. Sólo que él no había tenido suerte. Tal vez después ...

¿Después? ¡Si después iba a ser enseguida! ¡Mañana, tal vez! ¡Si se estaba muriendo!

Ya habría una esquela ... ¿Una esquela? Bueno, ni para pagar esa última misiva le iba a quedar a ella. Y aunque le quedase, no la iba a poner. A lo mejor una noticia pequeña: «Víctima de dolorosa enfermedad ha fallecido en esta ciudad el poeta ...», perdida en las páginas interiores porque de primera plana, ¡ni pensarlo!

¿Pondrían «conocido escritor»? Por lo menos. Porque «famoso» no. No había tenido suerte. ¡En este cochino país en que la gente no lee, y lo poco que leen no lo entienden! ¡Novelas televisivas tenía que haberse puesto a escribir! ¡Novelas de aventuras! Entonces sí. Habría ganado dinero por lo menos. Pero la poesía, ¡nadie la lee, a nadie le interesa!

—¿Se te ha pasado ya? —le preguntó ella con voz reposada.

Asintió. Aunque no. Tan sólo porque lo dejase en paz. Otras veces, aunque estuviese bien, era a él al que no le daba la gana de dejarle en paz a ella, pero ahora quería que se fuese con su cubo y su trapeador de una vez.

Y ella se fue. A la cocina iría. A dejarlos allí. Ya vendría otra vez.

—Sí, vete otra vez. A dejarme solo con este dolor que me está matando.

—¡Cálmate! ¡Ya se te pasará!

Ni caso le hacía ya. Recordó aquello que había leído que el dolor siempre es nuevo para el que sufre pero pierde originalidad para aquellos a su alrededor; todo el mundo se acostumbra menos el que padece. Claro, a ella ni le importaba.

Por eso, si él ahora se moría y de pronto a los críticos les daba por revisar su obra y tomaban cuenta de cómo escribía, y empezaban a resaltar valores ...Ella iba a ser la única que iba a salir ganando. La gloria para él, claro. Sólo que la gloria a estas alturas … Sí; en lugar de dos o tres líneas que finalmente ponían acerca de él en algunos libros de literatura, a lo mejor aparecerían varios párrafos con epígrafes. Tal vez capítulos. Sólo que él ya no los podría leer. Y en cuanto a ella … ¡Si no leía! Los derechos de autor. Eso era lo que le interesaría a ella.

Lo que quería demostrar era que su péñola aún estaba en uso, aunque el dolor le dictaba las palabras, *dolor dictat*, como Ovidio. El poema que iba a mandar a aquel concurso tenía la impresión de que era un poema tan bueno, lleno de sombras y luces, que a lo mejor le daban el premio. ¡Aunque estuviera ya muerto! … ¡Y todo aquel dinero entonces para ella!

Y como después del éxito, no tendrían los críticos más remedio de enterarse de una vez de cómo escribía, de mirar su obra detenidamente. Se redactarían estudios sobre su poesía y entonces vendrían los editores. Luego las obras inéditas. Y más tarde las obras completas …¡Y ella a cobrarlo todo! Por eso, no. ¡De ninguna manera!

—¡Marina! ¡Marina, ven acá!

Vino corriendo.

—¿Qué te pasa? ¿Los espasmos otra vez?

—No, mira. No es eso.

—Entonces, ¿qué es?

Ya estaba otra vez con el gesto de asco en la cara, pensó ¡Como él no se moría!

—Trae ese sobre que te di.

—¿Cuál?

—El que te di para que echases al correo.

—¿El grande aquel?

—Sí, el grande aquel.

Se fue ella a buscarlo encima de la mesa del despacho.

No le había dicho él lo que era. ¿Para qué? ¿Para que empezara otra vez igual?: Si tú nunca ganas un concurso, hombre. Es la única manera de que nos den algo de dinero, pero tú ni eso. Así que ¿para qué se lo iba a haber dicho?

Ya estaba aquí con el sobre.

—Dámelo.

—¿No quieres que lo envíe? — Pronunció cada sílaba con marcada reticencia mientras lo miraba con suspicacia.

—No.

Claro que al final … Como Cervantes. Pero no. ¡Qué va! Además que ese poema no era lo mejor que había escrito. Había escrito cosas mejores, y sin embargo … Pero no, no se lo iban a dar. Tampoco ahora. Sólo que … ¿Y si a pesar de todo se lo daban? ¿Si al final …? Y la fama.

¡Bah! Al final, la fama …¡Eso era antes cuando lo pensaba! Y recordó el epigrama de Marcial: *Cineri gloria sera venit.* Pero ahora … Muerto el burro, la cebada al rabo. E iba a ser ella la que se iba a comer la cebada. Si se lo daban iba a ser para ella, así que nada …

—¡Dámelo de una vez! ¡Tráelo! —Le dijo sin el menor rastro de afecto. Y con un gesto impertinente se lo quitó de las manos, lo sacó del sobre y lo rompió en mil pedazos. Luego se dijo: el único poema verdadero es necesariamente el que ha desaparecido.

*****

*Les choses que je conte
sont des mensonges vrais.*

Jean Cocteau